बार्किंग डॉग & पेइंग गेस्ट

बार्किंग डॉग & पेइंग गेस्ट

दो विसंगति नाटक

विशाल विजय

वाणी प्रकाशन

वाणी प्रकाशन

4695, 21-ए, दरियागंज, नयी दिल्ली 110 002

शाखा

अशोक राजपथ, पटना 800 004

फ़ोन: +91 11 23273167 फ़ैक्स: +91 11 23275710

www.vaniprakashan.in
vaniprakashan@gmail.com
sales@vaniprakashan.in

BARKING DOG & PAYING GUEST
by Vishal Vijay

ISBN : 978-93-87409-90-3
Play

प्रथम संस्करण 2017
आवृत्ति 2018

मूल्य : ₹ 199

सिटी प्रेस, दिल्ली-110 095 में मुद्रित

वाणी प्रकाशन का लोगो मक़बूल फ़िदा हुसेन की कूची से

अनुक्रम

बार्किंग डॉग

प्रस्तावना

अनुवादित और रूपान्तरित नाटकों ने हिन्दी रंगमंच को सदैव ही समृद्ध किया है। इसी परम्परा में अमरीकी लेखक एडवर्ड एल्बी कृत दो वन-एक्ट्स से प्रेरित नाटक बार्किंग डॉग प्रस्तुत कर रहा हूँ।

1959 में लिखा ज़ू स्टोरी न्यूयॉर्क के सेण्ट्रल पार्क में दो अनजान पात्रों की अकस्मात मुलाकात और दोनों के बीच निरर्थक व हास्यास्पद संवाद को बखूबी दर्शाता है। नाटक की पृष्ठभूमि महानगर का अकेलापन और गौण होती पहचान है। यह कृति अतिवाचाल प्रवृत्ति और अन्तर्मुख स्वभाव का द्वन्द्व है और इसकी यही खूबी इसे सार्वभौमिक बनाती है। नाटक अभिनय कौशल दिखाने का पूर्ण अवसर देता है, लिहाज़ा शौकिया व व्यावसायिक मण्डलियों में यह आज तक लोकप्रिय है।

नाटक में दो प्रमुख पात्र हैं—पीटर व जेरी। एल्बी को यह हमेशा खलता रहा कि जेरी की तुलना में पीटर का किरदार कुछ छोटा है। लिहाज़ा पीटर को तुलनात्मक बराबरी या पूर्णता देने की कशमकश के फलस्वरूप 2004 में प्रकाशित हुआ 'होम लाइफ' ज़ू स्टोरी की पूर्व कड़ी। 'होम लाइफ' में एल्बी ने एक और विलक्षण किरदार ऐनी को ज़िन्दा किया।

‘होम लाइफ’ पीटर और ऐनी के गृह-क्लेश को दर्शाता है। एल्बी की कलम ने किरदार तो पूर्ण कर दिये लेकिन नाटक के नॉनस्टाप एक्शन में व्यवधान पड़ गया, चूँकि अब यह कृति द्वि-अंकीय नाटक हो गयी।

‘बार्किंग डॉग’ होम लाइफ व ज़ू स्टोरी से प्रेरित ‘फोर्थ वॉल’ का इण्टरप्रिटेशन है। बार्किंग डॉग का अन्तिम प्रारूप दिनों के पूर्वाभ्यास व ड्राफ्ट, रि-ड्राफ्ट की प्रक्रिया के बाद पूर्ण हुआ। नाटक के भारतीयकरण हेतु मूल कृति से कुछ छूट ली है पर पात्रों के मौलिक द्वन्द्व वही हैं। कुछ सफल मंचनों के आत्मविश्वास से बार्किंग डॉग पेश कर रहा हूँ। रूपान्तरण प्रक्रिया में प्रिय अभिनेता अखिल शर्मा का अमूल्य सहयोग रहा। नाटक को आप तक पहुँचाने के लिए वाणी प्रकाशन का तहेदिल से आभार।

–विशाल विजय
(रा.ना.वि. 2003)
निर्देशक/अभिनेता/लेखक
सचिव, फोर्थ वॉल जयपुर
संचालक, अभिनय दर्पण स्टूडियो

epaper.dnaindia.com | www.facebook.com/DnaAfterHrsJaipur
Jaipur, Saturday, February 8, 2014 AH4

Theatre of the absurd

AFTER HRS CORRESPONDENT
afterhoursjpr@dnaindia.net

Chetan Sharma/dna

A Still from the play

The Zoo Story by Edward Albee has always been considered as the theatre of the absurd. Staged at Jawahar Kala Kendra on Friday, under the direction of theatre artist Vishal Vijay, the play was an entertaining affair for theatre aficionados. The one act play depicted the story of two citizens, Peter Thomas played by Kamran Tak and Utkarsh Pareek played by Akhil Sharma who meet each other for the first time in a park. While Utkarsh who gets bored and looks somebody for conversation, Peter on the other hand enjoys his idle period, reading a book.

Despite Peter trying to block the conversations by giving short polite replies, Utkarsh continues to keep the conversation alive. Peter feels Utkarsh is intolerant and arrogant and continues pester ing him. The climax reaches when Utkarsh asks Peter to move over but Peter refuses to do so because he does not want to give up his bench. A battle for the bench starts. Utkarsh provokes Peter into fighting for his bench or for everything he is proud of, which leads to Utkarsh's death.

"Social distinction and its consequences involved is a phenomenon which exists till date in our society. I would like to congratulate the team for putting up such a nice play for people," said Shashi Mehta, entrepreneur. "All the actors performed really well. I really enjoyed it," said Anjali Malik, student.

The play highlighted issues like failure of communication, the isolation of the human beings from each other and social distinction.

प्रथम प्रस्तुति 07.02.2014, जे.के.के., जयपुर

अभिनेता : अखिल शर्मा
कामरान टांक
प्रियंका चंदानी

निर्देशन : विशाल विजय

हंसते-हंसाते बन गए वहशी

जेकेके में खेला गया विशाल विजय का नाटक 'सेल्डम बाइट्स'

सिटी रिपोर्टर • जयरंगम में शाम 4:30 बजे जवाहर कला केंद्र में अमेरिकी नाटककार एडवर्ड एल्बी लिखित नाटक द जू स्टोरी के हिंदी रूपांतरित संस्करण 'सेल्डम बाइट्स' का मंचन किय गया। इसका नाट्य रूपांतरण और निर्देशन एनएसडी ग्रेजुएट रंगकर्मी विशाल विजय ने किया। तीन पात्रों पीटर, उत्कर्ष और एन्नि को लेकर तैयार किए गए इस नाटक में बताया गया कि कई बार एक निरर्थक और हास्यास्पद बातचीत से शुरू हुआ विमर्श का दौर प्रतिष्ठा तक का सबब बन जाता है। यह नाटक 1958 में लिखा गया था। इसमें दो अनजाने किरदार एक बाग में मिलते हैं। एक कम बोलता है जबकि दूसरा अत्यधिक बोलता है। पूरा नाटक इन्हीं दोनों किरदारों के बीच की कशमकश को दर्शाता हुआ रोचक मोड़ पर पहुंचकर ऐसी स्थिति बनाता है कि दूसरा पात्र हंसते-हंसते वहशी हो जाता है और यही सब घटनाक्रम दर्शकों का मनोरंजन करता है।

विशाल विजय जयपुर थिएटर के उन प्रतिभाशाली रंगकर्मियों में से हैं जो अपने काम को लीक से हटकर दर्शकों को समक्ष प्रस्तुत करते हैं। इस नाटक के तीनों किरदारों को उन्होंने जिस अंदाज में पेश किया वह उनकी इसी फितरत को दर्शाता है। विशाल आरयू की थिएटर फैकल्टी के हैड रहे रंगकर्मी स्व. विजय माथुर के पुत्र हैं। यही वजह है कि नाट्य संस्कार उनकी रगों में मौजूद हैं। नाटक में जय कुमार, दीपक सिंह और सुब्रत पाराशर ने अभिनय किया।

द्वितीय प्रस्तुति 27.11.2016, जे.के.के. जयपुर

अभिनेता : दीपक सिंह
जयकुमार
सुब्रता पराशर

निर्देशन : विशाल विजय

दृश्य एक

[जयपुर के मध्य रामनिवास बाग़ जहाँ शहर का चिड़ियाघर, संग्रहालय व रंगमंच है। पंछियों की चहचहाट के साथ मंच पर प्रकाश आता है। पीटर पार्क बेंच पर बैठा प्रूफ़ रीडिंग कर रहा है। पीटर अपने कार्य में तल्लीन है। कुछ क्षणों बाद उत्कर्ष का प्रवेश। बेंच को अधिकृत पाकर उत्कर्ष मन मसोस कर वहीं एक चबूतरे पर बैठ जाता है।]

उत्कर्ष : मैंने अभी चिड़ियाघर देखा।

पीटर : जी आप मुझसे मुखातिब हैं?

उत्कर्ष : मुखातिब! जी मैं चिड़ियाघर देखता हुआ टहलते-टहलते यहाँ नेहरू उद्यान आ गया। सर ये चिड़ियाघर की अंग्रेजी तो बर्ड हाउस हुई ना, तो फिर ये ज़ू कैसे?

पीटर : Zoo is derived from zoology

उत्कर्ष : ...ये उत्तर है?

पीटर : आपके प्रश्न का।

उत्कर्ष : No Sir, are we in North...क्या ये उत्तर है?

पीटर : I guess so.

उत्कर्ष : आह मस्तक हो पूर्व की ओर, चरण पश्चिम में और चले तो उत्तर ओर।

लेकिन एकदम उत्तर भी नहीं, थोड़ा उत्तर-पूर्व ...पर अपन उत्तर ही मान लेते हैं।

पीटर : जी (**पिटर सिगरेट पीता है**)

उत्कर्ष : क्षमा कीजिएगा बन्धु लंग कैंसर हो जायेगा।

पीटर : नो सर!

उत्कर्ष : यस सर, पहले माउथ, फिर लंग्स, फिर लिंग। (**हँसता है**)

पीटर : सिर्फ़ सिगरेट पीने से ही कैंसर नही होता और भी कारण होते हैं। Hypertension, Diabetes, Adulteration, Radiation, Heredity से भी हो सकता है, पहले माउथ, फिर लंग्स फिर लिंग।

उत्कर्ष : You are an educated man, are you a doctor?

पीटर : रीडर्स डाईजस्ट में पढ़ा।

उत्कर्ष : रीडर्स डाइजेस्ट! अब रीडर्स डाइजेस्ट तो समझदार लोग ही पढ़ते हैं सर।

पीटर : I suppose.

उत्कर्ष : करते क्या हैं सर आप? let me gues...you must be a theater director.

पीटर : कैसे कह सकते हैं आप?

उत्कर्ष : जो आदमी अपने सूक्ष्म विचारों को संक्षिप्त में व्यक्त कर सके वो एक रंगकर्मी ही होगा।
(**पीटर फिर पढ़ने में व्यस्त हो जाता है।**)

उत्कर्ष : मुझे रामनिवास बाग़ बहुत अच्छा लगता है, चिड़ियाघर!, अजायबघर! पहले यहाँ एक जलपान

गृह भी था, उजड़ गया वह। वहाँ की कुल्फी बड़ी अच्छी थी। ख़ूब खाते थे हम, आपने खाई?

पीटर : नहीं।

(अब तक पीटर धूम्रपान कर चुका है। फिर से मसौदा खोलता है, जैसे ही मसौदा खोलता है।)

उत्कर्ष : बन्धु अगर आप बुरा न मानें तो क्या हम थोड़ी देर बातचीत कर सकते हैं?

पीटर : **(झल्लाकर अपना मसौदा बन्द कर देता है)** जी हाँ, बिल्कुल।

उत्कर्ष : नहीं, अगर आप पढ़ने में तल्लीन हों, तो हम गोष्ठी स्थगित कर सकते हैं।

पीटर : No, No, Let's get over with it.

उत्कर्ष : तो परिचय? परिचय तो हुआ नहीं। मायसेल्फ उत्कर्ष पारीक और आप?

पीटर : जी मैं पीटर।

उत्कर्ष : पीटर पार्कर **(हँसता है)** ...मैंने अभी ज़ू देखा, हालत तो ख़राब ही हैं।

पीटर : **(मन ही मन में)** उन्होंने देखा आपको। ...जी बताया आपने।

(पीटर पुनः मसौदा पढ़ता है।)

उत्कर्ष : It's a nice day.

पीटर : Lovely.

उत्कर्ष : टी.वी. देखते हैं सर आप...नहीं...टी.वी. तो है ना आपके यहाँ।

पीटर : दो हैं बच्चों का अलग, हमारा अलग।

उत्कर्ष : आप विवाहित हैं?

पीटर : **(अपनी अँगूठी दिखाता है।)**

उत्कर्ष : बाल गोपाल?

पीटर : दो **(इशारा करता है।)**

उत्कर्ष : छोरे, बॉयज़!

पीटर : जी नहीं बेटियाँ हैं।

(उत्कर्ष पीटर की बेंच तक जाता है।)

उत्कर्ष : दो-दो बेटियाँ कैसे हो गयीं, सो यू वॉण्टेड बॉयज़ और हो गयीं बेटियाँ, या यू ओनली वॉण्टेड बेटियाँ और हो भी गयीं।

पीटर : जी मैं भूल गया।

उत्कर्ष : लड़का-लड़की सब ऊपर वाले की देन है साहब। **(बेंच पर बैठता है।)**

लड़का—वंश, लड़की—दहेज़ सब बकवास। एज क्या है बच्चियों की?

पीटर : क्राइस्ट! बारह और पाँच, बड़ी वाली का नाम मायरा, छोटी इशिका, दोनों ज़ेवियर्स में पढ़ती हैं। क्लास, सेक्शन, रोल नं. बताऊँ।

उत्कर्ष : ये बढ़िया किया आपने बेटियों को को-एड में पढ़ाया....तो सर आप पुत्र हेतु और ट्राय नहीं करेंगे?

पीटर : That's none of your business.

उत्कर्ष : Sorry–Sorry **(पीटर फिर अध्ययन में ध्यान लगाता है। झेंपा हुआ उत्कर्ष वापस अपने चबूतरे**

पर बैठता है। एक पुड़िया पानी में घोल कर पीता है।)

उत्कर्ष : अभी पीछे मुझे थोड़ी प्रोसट्रेट की शिकायत हो गयी थी। आप ये टाइट-फिट मत पहना करो... ऑल्वेज़ भिंचा-भिंचा सा वस्ति प्रदेश फ्री रहना चाहिए।

(त्रस्त पीटर अपने मसौदे को ज़ोर-ज़ोर से पढ़ता है।

उत्कर्ष प्रतिक्रिया में अखबार से अजीबोग़रीब सुर्खियाँ पढ़ता है।

दोनों का वाचिक द्वन्द्व। कुछ क्षणों बाद पीटर खासता है, उत्कर्ष जीत जाता है।)

उत्कर्ष : मैं लोगों से ज़्यादा बातें नहीं करता हूँ। मेरे स्वभाव में ही नहीं है। 'भाई साहब टाइम क्या हुआ है?' 'ये बस कहाँ जा रही है' 'आज छुट्टी है क्या?' 'स्कोर क्या हुआ है?'

संवाद सिर्फ़ सम्पर्क बनाने के लिए नहीं, उसका कोई उद्देश्य भी होना चाहिए।

पीटर : Oh really!

उत्कर्ष : But once in a while I like to talk to someone & really-really get to know about him.

पीटर : And am the guinea-pig for today.

उत्कर्ष : अजी नहीं साहब, गुलाबी ठण्ड, दोपहर की धूप और दो दार्शनिक, संयोग की बात है।

साहब ये केबल टी.वी. के जमाने में पड़ोसी पड़ोसी को नहीं जानता। संवाद खत्म हो गये हैं। अब आप अपार्टमेन्ट में रहते हैं, 11 महीने की लीज़, हर 11 महीने में आस-पड़ोस चेंज तो कोई क्यों पड़ोसियों से मित्रता करे।

पीटर : I own it। मेरी बीवी बिल्डिंग की सेक्रेटरी है।

उत्कर्ष : बिल्डिंग की तो सेक्रेटरी है पर ससुराल वालों का क्या। उनको क्या सरक्यूलर भेजेगी कि 'आज दीवाली मिलन है नीचे गार्डन में आ जाओ।'

पीटर : She loves her relatives.

उत्कर्ष : कुत्ते हैं आपके यहाँ? पेट-डॉग्स।

पीटर : नो।

उत्कर्ष : **(मन ही मन)** हाँ, आपने तो बिल्ली पाली है।

पीटर : We have two parrots, one for each of my daughter.

उत्कर्ष : मकाऊ! पिंजरे में क़ैद पंछी! वो नाटक देखा है? 'पंछी कहाँ जाते हैं'।

पीटर : 'पंछी ऐसे आते हैं।' ...तेंदुलकर।

उत्कर्ष : पक्के रंगकर्मी हो। ...अरे! बर्ड फ्लू का टंटा तो नहीं है?

पीटर : वो चिकन से होता है...और आप तो खुद चिड़ियाघर में घूमते रहते हैं।

उत्कर्ष : बिल्ली खा जायेगी।

पीटर : I keep a watch.

उत्कर्ष : So you are a bird watcher. तो बच्चियों को चिड़ियाघर दिखा देते।

पीटर : वो देख चुकी हैं।

उत्कर्ष : **(गाना गाता है)** एक चिड़िया-अनेक चिड़ियाँ, एक-एक करके अनेक चिड़ियाँ....फुर्रर...बेटियाँ भी एक दिन पंछी की तरह उड़ जायेंगी बॉस। ...थिएटर के अलावा और क्या करते हो?

पीटर : **(झल्लाकर)** आई एम एन एडिटर, थिएटर नहीं करता मैं।

उत्कर्ष : Thats a shame.

पीटर : आप कीजिए ना थिएटर।

उत्कर्ष : हाँ तो कहाँ कार्यरत हैं आप?

पीटर : I work in a publishing house 'मात्रा प्रकाशन', चौड़ा रास्ता*। We publish text-books, I can work from home. रोज़-रोज़ दफ़्तर नहीं जाना होता, दफ्तर सामने है इसलिए यहाँ बैठकर प्रूफ़ रीडिंग कर रहा हूँ।

उत्कर्ष : क्षमा कीजिएगा बन्धु, ये कोई स्थायी नौकरी तो नहीं हुई। मतलब नो पी.एफ. एंड नो ग्रेच्युटी।

पीटर : I make a six figure salary per annum.

उत्कर्ष : टी.डी.एस. के बाद! ....निवास कहाँ हैं आपका?

पीटर : **(दाँत पीसकर)** रॉयल एनक्लेव।

उत्कर्ष : रॉयल एनक्लेव! बढ़िया है, अब तो मेट्रो भी आ गयी वहाँ। मेट्रो से सीधा अन्दर ही अन्दर भूमिगत चौड़ा रास्ता। आपको पता है मेट्रो के पहले चरण में...

---

* चौड़ा रास्ता—जयपुर का पुस्तक बाज़ार।

पीटर : मैं जानता हूँ कि मेट्रो के पहले चरण में क्या होने वाला है। एण्ड इज़ दिस ए कॉन्वरसेशन? चुप रहना मेरी फ़ितरत है और बोलते रहना आपकी आदत। आप देख नहीं रहे हैं मैं पढ़ना चाहता हूँ। आप भी शान्ति से बैठिए। टहलिए! पेड़ गिनिए ना।

उत्कर्ष : **(तपाक से)** 352

पीटर : **(हँसता है)** गिन रखे हैं आपने।

उत्कर्ष : प्रजाति भी बता सकता हूँ मैं!
84 गुलमोहर, 125 अशोक, 61 यूकेलिप्टस, 44 टेसू व 38 अन्य–चम्पा, कनेर, हरसिंगार।

पीटर : **(हँसता है)** You are too much.

उत्कर्ष : Don't patronize me.

पीटर : I was'nt patronizing.

उत्कर्ष : किस आधार पर कह सकते हैं आप "टू मच!" क्योंकि मैं आपकी तरह अंग्रेजी माध्यम का नहीं हूँ इसीलिए "टू मच!"

पीटर : अरे कौन आदमी पेड़ों की संख्या रखता है।

उत्कर्ष : होते हैं कुछ लोग मेरे जैसे, जिन्हें पता होता है– गलियों के नाम, सरकारी अवकाश, पड़ोसियों के दुःख। आपकी तरह पाँच सितारा सभ्यता का नहीं हूँ मैं, पेज 3 नहीं पढ़ता, सबसे पहले शोक सन्देश देखता हूँ, कोई अपना गया हो तो कन्धा दे आऊँ।

[नाराज़ उत्कर्ष घास में योगा करता है। धीमे-धीमे प्रकाश व्यवस्था में बदलाव।
परेशान पीटर को अपने घर की स्मृति आती है। कू-कू घड़ी की तीव्र ध्वनि के साथ बेदिंग-गाउन में अस्त-व्यस्त जेनी का प्रवेश।
अब उत्कर्ष की मौजूदगी मंच पर गौण है। वह एक स्पॉट में योगा करता रहता है। बेंच एरिया को पीटर व जेनी अपने ड्राइंगरूम की तरह ट्रीट करते हैं।]

दृश्य दो

(फ्लैशबैक)

[कू-कू घड़ी की ध्वनि से दृश्य बदलता है। स्मृति में पीटर का घर। पीटर पढ़ने में तल्लीन। चीख़ के साथ अस्त-व्यस्त जेनी का बेदिंग-गाउन में प्रवेश।]

जेनी : **(Shocked)** I almost died.

पीटर : अच्छा।

जेनी : **(चीख़ कर)** अरे मैं मर जाती। करण्ट आ रहा है पानी में।

पीटर : ओह गॉड।

जेनी : ओह गॉड क्या? मैं बच गयी या मरी क्यों नहीं।

पीटर : ऑफकोर्स...दूसरे बाथरूम में नहा लो।

जेनी : फ़िसलते-फ़िसलते बची हूँ। I got a shock on my hand.

पीटर : हाथ पे कैसे?

जेनी : अरे पानी कितना गरम है, चैक कर रही थी ना।

पीटर : ओहो...उस बाथरूम को तो लॉक करो अभी मायरा और इशिका आने वाली हैं। नम्बर है इलेक्ट्रिशियन का? मेंटेनेंस को फ़ोन करो।

जेनी : गीज़र ऑन किसने किया था?

पीटर : I took a shower.

जेनी : टर्न ऑन करके टर्न ऑफ तो किया करो।

पीटर : क्या बोल रही हो स्विच ऑन करके स्विच ऑफ तो किया करो।

जेनी : तुम बस शब्द ही पकड़ते रहो, सम्पादक!

पीटर : नहीं-नहीं, मैं अभी ठीक करवाता हूँ तुम स्नान तो पूरा करो।

जेनी : मेरी बकेट भर दो।

पीटर : हँ?

जेनी : अरे इस बाथरूम से बकेट भरके मेरे बाथरूम में रख दो।

पीटर : यहीं नहा लो ना।

जेनी : शैम्पू, कण्डीशनर, बॉडी वॉश, मोइस्चराइज़र, ड्रायर तो वहीं है, एक बाल्टी उठाने में ज़ोर आ रहा है।

पीटर : जेनी! रिस्की है गलती से नल छू लिया तो यू विल गेट शॉक्ड और वो इलेक्ट्रिशियन भी तो आ रहा है।

जेनी : कॉल किया किसी ने।

पीटर : आओ तुम्हारी बकेट उठा देता हूँ।

जेनी : Listen, what's this book about?

पीटर : Well it's the most boring book we'll ever publish.

जेनी : Sounds like a good Advertising gimmick.

पीटर : And probably the most important.

जेनी : 'The most important boring book ever published.'

[Shouts] even more important than my electrocuted wife.

पीटर : आज तुम्हारी सोसाइटी की कोई मीटिंग वगैरह नहीं है क्या...Any Kitty?

जेनी : इतनी बोरिंग है तो अपने जूनियर को दे दो।

पीटर : वो ईडियट्स तो ग्रामैटिकल ऐरर्स ठीक नहीं कर सकते, आइडियोलॉजी क्या ख़ाक ठीक करेंगे।

जेनी : लिसन, एक बात समझ नहीं आती, तुम रात में पढ़ते हो, पढ़ते ही तुम्हें नींद आ जाती है, सुबह उठते ही फिर पढ़ते हो, नींद क्यूँ नहीं आती तुम्हें?

पीटर : Analogy! Books are like radio. रात को पढ़ो तो सुला देती हैं। But at dawn it awakens you.

जेनी : Crap. Not a convincing theory.

पीटर : बकेट यहीं ले आऊँ।

जेनी : Before I married you, mom said "Why would you ever want to marry a man who publishes books?"

पीटर : She said so!

जेनी : डैडी कहते हैं a man of fiction is of no use. 'कल्पना लोक में विचरने वाले यथार्थ के धरातल पर डगमगा जाते हैं।'

पीटर : क्लासिक! ये मैं लिख लेता हूँ। क्या था...यथार्थ के धरातल से...और ये तुम मुझे अब बता रही हो। अच्छा फ़रमाया आपके पिताजी ने। जाओ तुम्हारा पानी ठण्डा हो जायेगा।

जेनी : मैंने ऑन ही नहीं किया है गीज़र और ये वाला तुम बन्द करो। ऑन करके ऑफ करना भूल जाते हो, जल गया ना फिलामेंट।

(बड़बड़ाते हुए प्रस्थान) अलमारी खुली, दरवाज़ा खुला, भुजिया का पैकेट खुला, बन्द करने का फंक्शन ही फीड नहीं किया गॉड ने।

पीटर : 'कल्पना लोक में विचरने वाले लोग यथार्थ के धरातल पर डगमगा जाते हैं।'

जेनी : **(नेपथ्य से)** वेरी फनी! स्टीकर चिपका दूँगी पूरे घर में। लाइट्स ऑफ करो, अलमारी बन्द करो, गीज़र बन्द करो...

पीटर : मुँह बन्द करो।

[फेड आउट]

दृश्य तीन

[पुनः पंछियों की चहचहाट के साथ प्रकाश आता है। पीटर बेंच पर, उत्कर्ष योगासन में। स्मृति से बाहर आने के लिए पीटर बोल-बोलकर पढ़ता है।]

(अचानक उत्कर्ष ऊँची आवाज़ों में कपालभाँती, अनुलोम-विलोम व अन्य आसन करता है। पीटर भी ऊँचा-ऊँचा पढ़ता है। पुनः ध्वनि द्वन्द्व। पुनः उत्कर्ष जीत जाता है।)

उत्कर्ष : बन्धु ये अपर मिडिलक्लास एंड लोवर मिडिलक्लास की डिवाईडिंग लाईन क्या है? मतलब रेखा के ऊपर नीचे का अन्तर कैसे पता चले।

पीटर : I can't express myself like you, I am an editor not a writer.

उत्कर्ष : Who are your favourite writers? Let me guess. चट्टोपाध्याय, टैगोर, पन्त, रेणु, दिनकर, धूमिल, मुक्तिबोध, राहुल सांकृत्यायन...

पीटर : Jane Austin, Charles Dickenson, Mark Twain, James Joyce, William Faulkner, Virginia Woolf, Vladimir Nabakov,

Salman Rushdie, Kurt Vonnegut & Stephen King.

उत्कर्ष : हमने तो जो पाठ्यक्रम में थे वो ही पढ़े हैं। Your list is endless.

पीटर : क्योंकि मैं किसी भी ज़ॉनर में सिर्फ़ एक ही लेखक से प्रभावित नहीं हूँ। लेखनी जितनी नयी हो, विषयवस्तु मेरे लिए जितनी अनजान हो, उतना ही वो लेखक मुझे प्रभावित करता है।

उत्कर्ष : हटा-हटा, छोड़ दो।

पीटर : Sorry.

उत्कर्ष : You want to know what I did before I went to the zoo today.

पीटर : Christ!

उत्कर्ष : मैं गोविन्द देव जी* तक पैदल गया, फिर यहाँ आया रामनिवास बाग, वॉकिंग ऑल दी वे, ज़ू देखा, अब यहाँ से घर, Do you know why?

पीटर : Please make my day.

उत्कर्ष : कभी-कभी आदमी को लम्बा रास्ता लेना पड़ता है, शॉर्टकट ढूँढ़ने के लिए।

पीटर : मिला? मिल गया ना आपको?

उत्कर्ष : हाँ मिला। इस बदलते हुए शहर में मल्टीप्लेक्स और अपार्टमेंट्स के बीच, जहाँ हमारे नाई की दुकान सैलून हो गये, हमारे मिनर्वा, रामप्रकाश, मानप्रकाश बन्द हो गये, अब 250 का टिकिट, 50 का पॉपकोर्न, 100 का शर्बत। वॉक्सवैगन,

---

* गोविन्द देव जी—प्राचीन कृष्ण मन्दिर।

बी.एम.डब्ल्यू., ऑडी, यहाँ साला नैनो भी नहीं है। हमें पीछे छोड़ के ये शहर आगे बढ़ गया। ऐसे शहर में हमें वो अँधेरी गलियाँ ढूँढ़नी पड़ती है, जहाँ से हम अपनी ग़रीबी को छुपाए, अपने दड़बों में घुस सकें।

पीटर : Wow!

उत्कर्ष : ये मेट्रो कोई डेवेलपमेंट के लिए नहीं चली है दोस्त, हमारे स्कूटरों से गाड़ीवालों का जो रास्ता रुकता है ना, उसे क्लीयर करने के लिए बनी है ये मेट्रो। रेखा के नीचे वाले डिब्बों में बैठो, अपना पाव-भर राशन खरीदो और अन्दर ही अन्दर छिपते-छिपाते अपने बिलों में घुस जाओ। क्लीयर द डैम रोड! साले डबल हेलमेट पहने हुए मकोड़े।

पीटर : True!

उत्कर्ष : कुछ नहीं था परकोटे के इस तरफ़। तब ये ओल्ड-सिटी ही पॉश-सिटी हुआ करती थी। अब हमारा शहर देखिये, नालियाँ बन्द हैं, गटर बह रहे हैं, तारों का जाल, पड़ोसी का संडास, पार्किंग के झगड़े। एक दिन साले तेरा रॉयल एन्क्लेव भी ऐसा ही हो जायेगा। फिर कहाँ जाके रहेगा, बगरू*? फिर तू भी ढूँढ़ेगा शॉर्टकट।

पीटर : रॉयल एन्क्लेव में मेरा अपना अपार्टमेंट है, थ्री बी.एच.के. विद् कवर्ड पार्किंग। मेरी वाइफ ऑल्टो चलाती हैं, मेरे पास आई-20 है। सेविंग, इनवेस्टमेंट सब है। ज़रूरत पड़ेगी तो निकाल लेंगे। हर साल

---

* बगरू–जयपुर शहर का एक उपनगर।

एक फैमिली ट्रिप तो कर ही लेता हूँ। Metro or no Metro I'll always drive around. There are no shortcuts for me.

उत्कर्ष : पार्क फेसिंग घरों से दर्शन झाड़ना आसान है बन्धु। आलीशान माचिस के डिब्बे, जिनमें किमोनो पहने, भौंहें सँवारती, भद्र महिलाएँ, जो भूल गयी हैं करवाचौथ और जपती हैं बुद्धिस्ट चेंट। **(जपता है नम योहो रेंगें क्यों...)**

पीटर : लुक नाउ न मैं ऐसा हूँ न जेनी।

उत्कर्ष : **(अपनी डायरी में लिखता है)**

जेनी...जेनी...जेनी...वन जेनी, टू पैनी, मकाऊ और मेरे पास क्या है? छाता, ट्रांजिस्टर, ताश के पत्ते, चाय का थरमस, त्रिफला चूर्ण, चटाई, मैदान और अग्नि, अग्नि कहाँ है? अग्नि भी तुम्हारी मुट्ठी में, धूम्र-दण्डिका तुम्हारी मुट्ठी में।

पीटर : क्या बड़बड़ा रहे हैं आप?

उत्कर्ष : माता-पिता? पेरेंट्स! इन थ्री बी.एच.के. विद् यू एण्ड जेनी?

पीटर : जब कुछ नहीं था तो पेरेंट्स भी थे। अब जब सब कुछ है तो बस वही नहीं हैं। मुझसे ये तस्वीरें नहीं लगाई जातीं दीवारों पर। मुझे भी मेरे फादर ने दिखाया था ज़ू। बच्चों की ख़ुशी के लिए क्या कुछ झेल लेते हैं पेरेंट्स। बदबू और बीमार जानवर, वो तो जानते ही हैं बेचारे क़ैद है। मंकी, लॉयन, टाइगर, डीयर...

(पीटर भावुक हो जाता है।)

उत्कर्ष : फादर साहब क्या करते थे सर आपके?

पीटर : He was principle Mayo College.

उत्कर्ष : Oh! So you are a product of royal boy's school. **(अपनी डायरी में दर्ज करता है)**

पीटर : यह लिख क्या रहे हैं आप?

उत्कर्ष : कहाँ से बिलाँग करते हैं आप,

पीटर : यहीं से हूँ।

उत्कर्ष : यहीं से! राजस्थान में क्रिस्चन! कन्वर्टेड ईसाई होंगे। हिन्दुओं के शोषण से परेशान कई दलित चर्च की शरण में चले गये थे। Am I right?

पीटर : How could you be wrong? आप कहाँ से बिलाँग करते हैं?

उत्कर्ष : Jaipur! since three generations, 'the pareek sadan.'

पीटर : 'द' नहीं लगेगा! आपके पितामहिम क्या करते हैं?

उत्कर्ष : आयुर्वेदाचार्य...ग्रेट ग्रेंडफादर-राजवैद्य।

पीटर : कहाँ कार्यरत हैं आप।

उत्कर्ष : **(अस्पष्ट)** जे.वी.वी.एन.एल.।

पीटर : क्या?

उत्कर्ष : जे.वी.वी.एन.एल.! जयपुर विद्युत वितरण निगम लिमिटेड।

पीटर : Don't you have an office today?

उत्कर्ष : V.R.S! Gratuity & P.F. encashed & Pension as per 7th pay commission. I am sorted पीटर बाबू।

पीटर : बच्चे कितने हैं आपके?

उत्कर्ष : एक बेटा है, इंजीनियरिंग कर रहा है।

पीटर : And I've two daughters.

उत्कर्ष : ब्याव करवाओ और बगरू* पहुँच जाओ पीटर जी, अब दो-दो बेटियों की शादी करवा के जयपुर में तो रह नहीं पाओगे बन्धु। जाओ-जाओ तृतीय चरण में वहाँ भी आयेगी मेट्रो।

पीटर : आप कहाँ विराजते हैं?

उत्कर्ष : हमारी तो किशनपोल** में पुश्तैनी हवेली है। बात भी चल रही है एक ग्रुप से हेरिटेज होटल बनाने की। पर मेरी बीवी एग्री नहीं कर रही है। वो कह रही है कौन सुबह-सुबह इन फिरंगी रांडों का मुँह देखे। गन्दे होते हैं साले, बस चमड़ी ही गोरी है। कुछ तो होमोसेक्सुअल भी होते हैं, समलैंगिक ये अच्छा किया आपने पहले ही दिन से अपनी बेटियों को को-एड में पढ़ाया। Very Progressive.

पीटर : This conversation is over.

उत्कर्ष : अरे क्या बात हो गयी ? Did I say something wrong?

पीटर : You said a lot mister. Now just let me be.

उत्कर्ष : Ditto.

(उत्कर्ष झेंपकर अपने चबूतरे पर चला जाता है। अपने झोले को टटोलता है।)

उत्कर्ष : चेस खेलेंगे?

---

* बगरू–जयपुर शहर का एक उपनगर।

** किशनपोल–पुराने जयपुर का एक मोहल्ला।

पीटर : No.

उत्कर्ष : पत्ते बाँट रहा हूँ मैं रम्मी के पेशेन्स...पेशेन्स... ब्रिज...ब्रिज...ब्लफ...ब्लफ...ब्लैक जैक। मैंने तुम्हें भाँप लिया बन्धु। I have googled you. **(डायरी से पढ़ता है)** Traumatic childhood, rebellious adolescence & passive married life Do you want talk about your sex life?

पीटर : **(चीख़ के)** Damn you.

(उत्कर्ष पर किताब फेंकता है। उत्कर्ष मंच से भाग जाता है। पीटर अकेला ग़लियाता है।)

Barking dog...stupid Indians...सारे तार हिला दिये। Since morning....bloody kishanpol....dare you come back.

(परेशान पीटर फेंका हुआ मसौदा उठाता है, साफ करता है। वह अभी भी बड़बड़ा रहा है। परेशान पीटर को पुनः अपने गृह-क्लेश की स्मृति आती है।)

दृश्य चार
(फ्लैशबैक)

[प्रकाश व्यवस्था में बदलाव। पीटर स्पॉट में। स्मृति में पीटर का घर। कू-कू घड़ी की ध्वनि के साथ सिसकती हुई जेनी का प्रवेश। जेनी व पीटर मंच को अपने फ्लैट की तरह ट्रीट करते हैं। पीटर पढ़ने में तल्लीन।]

पीटर : क्या हुआ?

जेनी : **(सिसक रही है)**

पीटर : हो क्या गया? फिर से करण्ट आया क्या?

जेनी : **(रोते-रोते मना करती है)**

पीटर : यूँ मत करो जेनी।

जेनी : All these years. **(रोने लगती है)**

पीटर : हाँ-हाँ।

जेनी : ...some times at night...I can't sleep... **(फिर रोने लगती है)**

पीटर : हाँ तो अभी सो लो ना। जाओ सो जाओ। टेक अ नेप।

जेनी : **(रोते-रोते)** सम नाइट्स...आई गेट अप...एम स्वेटिंग...बाल्कनी में जाती हूँ...I have a lump on my breast.

पीटर : Oh god!

जेनी : **(फूट पड़ती है)** I can sense a cyst right here.

पीटर : Show.

जेनी : शो क्या! मैं कह रही हूँ ना।

पीटर : Let's consult an oncologist.

जेनी : **(रोते-रोते)** They'll cut my breast.

पीटर : अपनी डॉक्टरी मत लगाओ।

जेनी : 20% फीमेल्स को ब्रेस्ट कैंसर होता है और उनमें से आधी से ज़्यादा मर जाती हैं। I read in cosmopoliton.

पीटर : डेम कोस्मो! बेकार के वहम मत पालो।

जेनी : मिसेज़ गोम्स को भी ऐसे ही पता लगा था, नहाते हुए एण्ड आण्ट जूलिया। **(रोते-रोते)**

पीटर : अरे ज़रूरी नहीं है आपको भी हो। उठो डॉक्टर नन्दा को दिखा के आते हैं।

जेनी : I hate that bitch.

पीटर : क्यों?

जेनी : नयी डस्टर ख़रीदी है तो मुझे कह रही है 'अपनी ऑल्टो साइड में दबा लो।' एक-एक पार्किंग अलोटेड है पर फ्लैट, दो पार्किंग जितनी बड़ी गाड़ी खरीद ली।

पीटर : जेनी एक ही फीमेल डॉक्टर है पूरी बिल्डिंग में डायग्नोसिस देखें या डस्टर।

जेनी : **(रोते-रोते)** तुम बच्चों को कैसे सँभालोगे।

पीटर : तुरन्त खड़ी हो जाओ। वो मिसेज़ गोम्स और आण्ट जूलिया मर थोड़े ही गये।

जेनी : But having my breast cut off.

पीटर : ओन्ली इन एक्सट्रीम केसेज़। तुम अस्पताल तो मरो।

जेनी : **(और ज़्यादा रोते हुए)** मरो-मरो! यू वॉण्ट मी टू मरो?

पीटर : आई मीन चलो-चलो।

जेनी : **(थोड़ा सँभल के)** It's gone...the lump...it's not there.

पीटर : अस्पताल का नाम सुनते ही।

जेनी : No, it's really not there...strange.

पीटर : फिर भी चैक-अप करा लेते हैं, मेरी तसल्ली के लिए।

जेनी : तुम्हारी तसल्ली, कैंसर मुझे हो रहा है। किमो मेरी होगी...गंजी हो जाऊँगी मैं...मॉम...मम्मा... **(रोने लग जाती है)**

पीटर : तुमने मॉम को बता दिया?

जेनी : मॉम का फ़ोन आया था...शी टोल्ड मी...देयर इज़ समवन...कोई है...शी माइट हैव एन अफेयर...

पीटर : What? Who? जेनी हम विषय से भटक रहे हैं। far away to something that doesn't concern us.

जेनी : ऑफ कोर्स मेरी मॉम है ना।

पीटर : अरे ब्रेस्ट कैंसर।

जेनी : All you men care about is boobs.

पीटर : So your mum is having a fling.

जेनी : Don't you make it dirty, it's emotional security.

पीटर : इमोशनल सिक्योरिटी अब इस उम्र में!

जेनी : Because डैडी के बाद she has been repressed all these years. मैं भी...मैं भी।

पीटर : हाँ तो वो कह रही हैं शी माइट हैव एन अफेयर सम्भावना है, प्रोबेबिलिटी।

जेनी : ऐसे केसेज़ में सम्भावना है मतलब कर चुकी है। I know my mother.

पीटर : अब करना क्या है जेनी?

जेनी : हम कर भी क्या सकते हैं पीटर।

पीटर : **(चीख़कर)** अरे डॉक्टर, जाओगी या नहीं? बात करो अपनी माँ से, टॉक हर आउट।

ओके...ओके...लेट्स सोर्ट द अफेयर्स वन बाय वन। पहले डॉक्टर...शान्त रहो...फिर मॉम, गॉट इट।

जेनी : तुम बच्चों को क्या कहोगे?

पीटर : **(झल्लाकर)** किसी को कुछ नहीं कहना है पहले डॉक्टर को तो कहने दो। अनुमान पर ज़िन्दगी चल रही है माँ बेटी की।

जेनी : पर डॉक्टर अभी देखेगा क्या? द लम्प इज़ गोन।

पीटर : इन सम वियर्ड फीमेल कॉम्प्लैक्स वे, जब से मॉम ने तुम्हें बताया है उनका अफेयर हो सकता है, तब से तुम्हें ख़ब्त बैठ गया कि तुम्हें कैंसर हो सकता है।

जेनी : How could you! You mean her affair led me to contemplate breast-less-ness.

पीटर : हाँ-हाँ-हाँ, like mother, like daughter, mad family.

जेनी : Oh you, you know when you sleep you are so dead, so unconscious, you are paralyzed, breathless, dreamless.

पीटर : कॉनटेक्स्ट तो बता मेरी माँ, इस बात का पहले वाली बात से क्या सम्बन्ध है?

जेनी : डिटैच्ड हो तुम, नींद में करवट तक नहीं बदलते, स्वप्नहीन, जो आदमी अपनी नींद का ना हुआ वो मेरा क्या होगा।

पीटर : **(Shouts)** Christ! I can't take it anymore.

जेनी : Damn you! तुम कभी मुझसे अपने दिल की बात share नहीं करते।

पीटर : My life is an open book.

जेनी : बुक, फिर बुक।

पीटर : Figure of speech है! तुम से क्या छुपाऊँ।

जेनी : You hide the real issue, घुटते हो तुम अन्दर ही अन्दर। Share...Let's burn together, let's be helpless together...I can handle.

पीटर : अरे कुछ है ही नहीं बताने को। अच्छा अगर तुम मुझे कुछ बताती तो क्या बताती। कौन-सी मुद्दे की बात, कौन-सा कटुसत्य।

जेनी : You don't love me the way I need to be loved, perhaps no one can love me the way I should be loved...and deep down I know. ...I'll die of breast cancer.

पीटर : **(गुस्से में)** You are mad जेनी।

जेनी : You are an insensitive prick.

पीटर : My prick has nothing to do with it.

जेनी : Yes because you can't. You don't have it in you.

पीटर : चुप हो जाओ।

जेनी : कौन सुन रहा है? तोते!
The girls are at school. It's just us happily married husband & wife.
Look Pete you are a good husband... no sarcasm...a great father. But a lousy lover...

पीटर : Zip it Jenny.

जेनी : Is it because you wanted boys. Aha!

पीटर : You have lost it Jenny.

जेनी : No darling you've lost it...
Why can't we sleep like two strangers, who've just met at the bar...Ha... possible?

पीटर : Am not like that Jenny.

जेनी : Well you should be Pete. Why are you so civilised so predictable, where is the passion.

पीटर : Damn. ...How would we go about it?

जेनी : जैसे चल रहा है।

पीटर : It's a nice day I'll go to the park and read there.

(पीटर का मंच से प्रस्थान। मंच पर जेनी अकेली।)

जेनी : Ya runaway...go read kama-sutra & rejuvenate your married life. **(ज़ोर से हँसती है फिर रोती है)**

Am sorry Pete...I love you...I am happy with you... with us.

[जेनी स्पॉट में मंच पर अकेली।
जेनी की सिसकियों में फेड आउट]

दृश्य पाँच

[पुनः पंछियों की चहचहाट के साथ मंच पर प्रकाश। पीटर वहीं से शुरू करता है जहाँ से फेंका हुआ मसौदा उठाया था। परेशान पीटर पुनः ध्यान लगाकर पढ़ने की कोशिश करता है। अचानक उत्कर्ष की आकाशवाणी! पीटर मंच पर परेशान। उत्कर्ष छुपा हुआ है।]

उत्कर्ष : मैं बताऊँ, चिड़ियाघर क्यों गया था?

पीटर : **(झल्लाया हुआ पीटर उत्कर्ष को ढूँढ़ता है)** अरे बता, बता मेरे बाप मुझे सब बता। मैं सब जानना चाहता हूँ।

उत्कर्ष : मैं शुरू से शुरू करता हूँ।

पीटर : हाँ तू शुरू से शुरू कर और पूरा ख़त्म कर, कुछ मत छोड़।

उत्कर्ष : मैं आज चिड़ियाघर क्यों गया?

पीटर : तू गया उन बेबस जानवरों पर हँसने कि वो बन्द हैं और तू छुट्टा घूम रहा है। उन पर हँसने गया था तू। **(भयानक हँसी हँसता है)**

उत्कर्ष : किशनपोल में हमारी पुश्तैनी हवेली है।

पीटर : गिरी नहीं वो अब तक?

उत्कर्ष : छोटे-छोटे कमरे, सँकरी सीढ़ियाँ, बीच में चौक। हम लोग टॉप फ्लोर पर रहते हैं।

पीटर : टॉप फ्लोर! तेरे बाप ने एम्पायर स्टेट बिल्डिंग बनाई है किशनपोल में।

उत्कर्ष : हाँ, मतलब सेकण्ड फ्लोर पर, पहला माला किराए पर है। पर हमारा उस फैमिली से ज़्यादा मेल-मिलाप नहीं है। बस किराया लिया और जय राम जी की।

पीटर : बच गया वो परिवार।

उत्कर्ष : You are interrupting me. मैं भूल जाऊँगा तो शुरू से शुरू करूँगा।

पीटर : हाँ, किशनपोल में तुम्हारी पुश्तैनी हवेली है। तुम टॉप फ्लोर पर रहते हो। किराएदार से तुम्हारी बनती नहीं है। अब आगे बोलो।

उत्कर्ष : हाँ, हमारी किराएदारनी बहुत झगड़ालू औरत है। उसका कोई ना कोई रांडी-रोना चलता ही रहता है। मोटी, भौंड़ी, कपड़े पहनने का शऊर नहीं, शरीर में बस कुल्हे ही कूल्हे हैं। वैसे मैं ऐसी अभद्र भाषा किसी के लिए इस्तेमाल नहीं करता। आपने तो नोटिस किया ही होगा। आई सेल्डम यूज़ प्रोफिनिटी।

पीटर : You describe her vividly! zoo.

उत्कर्ष : हाँ, तो उसके पास एक गंडक है।
भौंक-भौंक कर नींद हराम कर देता है साला।

पर सिक्योरिटी रहती है बॉस। अच्छा ये है किरायेदारनी, लेकिन आते जाते हम पर ऐसे टकटकी लगाये रहती है जैसे मकान मालकिन हो। दिन भर दरवाज़ा खुला। अब ये औरत क्या करती है सीढ़ी पर आके खड़ी हो जाती है। चौड़े कूल्हों से सँकरी सीढ़ी ब्लॉक। अब सुनो इसकी बकर-बकर-बकर-बकर।

पीटर : तो नहीं आ रहे ना आप।

उत्कर्ष : लेकिन मैंने इसकी युक्ति निकाल ली है। वो जैसे ही सीढ़ी पे आती है मैं उसके गंडक को एक्साइट कर देता हूँ बिल्ली-बिल्ली-बिल्ली-बिल्ली। कुत्ता बिल्ली के पीछे और वो कुत्ते के पीछे।

पीटर : हाँ कुत्ता! कुत्ता भी तो है स्टोरी में।

उत्कर्ष : सर आप लेट तो नहीं हो रहे हैं?

पीटर : घर से तो निकल चुके हैं ना आप। सीधे ज़ू आ रहे हैं या रास्ते में कुछ और भी है।

उत्कर्ष : बन्धु sometimes it is necessary to take the long road to find a short cut.

Let me first tell you about the dog तत्पश्चात् zoo.

पीटर : अरे ग्रन्थ है क्या? खण्डों में बाँचेगा? सीरियल बना दे।

उत्कर्ष : ठीक है फिर आपको नहीं सुनना तो मैंने कोई हाथ नहीं पकड़ा है आपका

पीटर : नहीं तू सुना 'स्टोरी ऑफ उत्कर्ष-द डॉग।'

उत्कर्ष : हाँ 'मैं और श्वान', अच्छा ये कुत्ता मुझे पहले ही दिन से रास नहीं आया। काला बदसूरत, बटन जैसी आँखें, जैसा मीट वाले की दुकान पर बैठा रहता है।

पीटर : वो कुत्ता काटा था क्या आपको?

उत्कर्ष : I don't think so.

पीटर : I am bloody sure the dog bit you.

उत्कर्ष : वो कुत्ता साला हॉर्नी है, परपेच्युली हीट में रहता है। पास आते ही टाँग पकड़ लेता है। काली पैण्ट पहनने का तो धर्म ही नहीं है। अब आते-जाते गंडक से बचो तो मालकिन पकड़ लेती है, मोटी-छोड़े तो कुकुरा पकड़ लेता है।

पीटर : अरे कुत्ते से तो बिल्ली-बिल्ली कह के बच जाते हैं ना आप?

उत्कर्ष : जी?

पीटर : जी उसकी युक्ति तो निकाल ली थी ना आपने। वो टंटा तो ख़त्म हुआ ना।

उत्कर्ष : हाँ तो हमेशा थोड़ी ना जीतता हूँ मैं।

पीटर : हाँ तो निकाल दे, खाली करा मकान।

उत्कर्ष : होटल बनेगा तब निकाल देंगे।

उत्कर्ष : मैं कुत्ते को मार दूँगा। **(अचानक उत्कर्ष का मंच पर प्रवेश। पीटर उस पर जूता मारना चाहता है।)** डोण्ट रिएक्ट, जस्ट लिसन।

मैंने रैट पोइज़न खरीदा, उसे रसगुल्ले में मिलाया, रसगुल्ला काला हो गया, तो मैंने गुलाब जामुन ख़रीदा और मैं दबे पाँव हवेली में एंटर हुआ। मेरी गन्ध पाते ही कुत्ता झपटा, मेरी आहट पाते ही मोटी लपकी। कुत्ते को तो मैंने गुलाब जामुन ठोके और मोटी से मैंने किराया माँग लिया। रास्ता साफ़। नेक्सट मॉर्निंग कुत्ता चित।

पीटर : The End.

उत्कर्ष : पर वो मरा नहीं साला। थोड़ी उल्टी दस्त के बाद The dog recovered but he sobered-subdued, he became a decent puppy, no more poking. मोटी भी शान्त हो गयी थी। अब रास्ता बिल्कुल साफ़ था।

पीटर : इति श्री।

उत्कर्ष : लेकिन आते-जाते दोनों मुझे देखते थे। स्टेयर। कुत्ता–इसने मुझे मारा है। मोटी–तुमने इसे मारा है। पथराई आँखें। उन आँखों में एक प्रश्न था। **(कुत्ते की आवाज़ में)** 'क्यों-क्यों?'

They could look into me, peeped inside. मुझसे और बर्दाश्त नहीं हुआ, मैं अन्दर ही अन्दर गिल्ट में मरा जा रहा था, और दोस्त मैं उससे कनेक्ट कर गया।

पहली बार मुझे वो गंडक सुन्दर दिखाई दिया। मैं उसे प्यार करना चाहता था, क्षमा याचना का प्यार। असफल हत्या, असफल प्रेम!

उत्कर्ष क्या है—एक सफल कुत्ता और कुत्ता क्या है एक असफल उत्कर्ष। उसने मुझे समझा दिया, 'मैं बेज़ुबान हूँ पर कभी किसी योनि में इन्सान था; मैं एक्सप्रेस नहीं कर पा रहा पर अपनी ज़ुबान में कहता हूँ दुखता है, दुखता है दोस्त, दुखता है।'

(उत्कर्ष फूटफूट कर रोने लगता है थोड़ा नॉर्मल होकर।)

दोस्त कनेक्ट करो तो पत्थर में भी भगवान होते हैं। गॉड की स्पेलिंग से ही तो डॉग बना है। भाई साहब मैंने भैरूजी को ही मार दिया।

(फिर रोने लगता है।)

भाई साहब मेनका गाँधी को मत बताना, ये पेटा वाले मुझे नहीं छोड़ेंगे।

(फिर रोने लगता है।)

Dog is man's best friend.

I have learnt that kindness & cruelty are two sides of same coin neither can exists alone. From inside your cruelty प्रस्फुटित kindness.

(उत्कर्ष व पीटर एक ही बेंच पर बैठे हैं।)

पीटर : **(सम्पादकीय दृष्टिकोण से)** प्रस्फुटित काइण्डनेस?

उत्कर्ष : प्रस्फुटित काइण्डनेस।

पीटर : Erupts kindness.

उत्कर्ष : प्रस्फुटित काइण्डनेस।

पीटर : Spurts kindness.

उत्कर्ष : प्रस्फुटित काइण्डनेस।

पीटर : Comes काइण्डनेस।

उत्कर्ष : प्रस्फुटित काइण्डनेस।

पीटर : **(हताशा से)** प्रस्फुटित काइण्डनेस।

उत्कर्ष : येस प्रस्फुटित काइण्डनेस।
क्या लगता है पीटर, मेरी ये कहानी 'रीडर्स डाइजेस्ट' में छप सकती है?

पीटर : I don't know you should try?

उत्कर्ष : ओह कम ऑन खुल के बताओ।

पीटर : I don't know it's touchy.

उत्कर्ष : तुम अपने नाम से छपवा दो।

पीटर : आप भेजिये ना।

उत्कर्ष : Peter do I irritate you?

पीटर : **(हँसता है)** nope

उत्कर्ष : नहीं नहीं सच्ची बताओ। डू आई इरिटेट यू?

पीटर : नहीं करते।

उत्कर्ष : नहीं नहीं खुल के बताओ जो है वह कह दो।

पीटर : **(चिल्लाते हुए)** कहा ना नहीं करते आप इरिटेट।

उत्कर्ष : But you do annoy me...a bit actually.
पीटर क्या तुमने कभी मेरे जैसे व्यक्तित्व से मिलने कि आशा की थी?

पीटर : कम से कम आज तो मैंने किसी से मिलने की कोई आशा नहीं की थी।

उत्कर्ष : यादगार रहेगा ना ये दिन।

पीटर : अविस्मरणीय! प्रस्फुटित काइण्डनेस!
एक बात बता तूने यह कहानी सुनाई क्यों? ...औचित्य क्या है? तू, कुत्ता, मोटी, हत्या...फॉर व्हाट...सारांश क्या है? मोरल ऑफ द स्टोरी?

उत्कर्ष : तू भी कम बकलोल नहीं है, ढूँढ़-ढूँढ़ के मुद्दे ला रहा है। सुन, It's not about the dog fight. It's the fight in the dog. And It's my block and I am not leaving.

पीटर : **(पीटर घड़ी देखता है)** well you may not be but I'll make a move.

उत्कर्ष : रुक ना यार।

पीटर : नहीं मुझे चलना होगा।

उत्कर्ष : रुकिये ना अभी तो मिले हैं।

पीटर : नहीं-नहीं, आप बैठिये, फिर कभी।

(पीटर को रोकने के लिए उत्कर्ष उसे गुदगुदी करता है। पीटर को गुदगुदी से लाफ्टर अटैक आ जाता है। पीटर को भगा-भगा के, दौड़ा-दौड़ा के गुदगुदी करता है। काफ़ी देर हँसने के बाद दोनों नॉर्मल हो जाते हैं और एक ही बेंच पर बैठते हैं।)

उत्कर्ष : अरे मैंने ये तो बताया ही नहीं कि मैं चिड़ियाघर क्यों गया था।

पीटर : नहीं-नहीं-नहीं-नहीं-नहीं, नेक्स्ट टाइम नेक्स्ट टाइम कल मिलते हैं।

उत्कर्ष : सुन-सुन, मैं वहाँ ये देखने गया था कि इन्सान और जानवर परस्पर एक साथ कैसे रहते हैं।

हाउ डु दे कोएग्जिस्ट? सलाखों से बँटे हुए, इन्सानों से घिरे हुए, शिफ्ट हो...सारे जानवर यहाँ हैं, तमाम लोग यहाँ हैं, शिफ्ट हो...छुट्टी का दिन, खचाखच भरा हुआ ज़ू, जानवरों की गन्ध, मांस की बू, शिफ्ट हो...शेर दहाड़े, हाथी चिंघाड़े, बन्दरों की चिल-पो, भालू, गेंडा, चीतल, सियार, शिफ्ट हो...लंच टाइम, जानवरों का फीडिंग टाइम, सब भूख से बेचैन, भूख से बेहाल, शिफ्ट हो...

पीटर : और कहाँ जाऊँ।

उत्कर्ष : कहानी सुननी है ना, सरक।

पीटर : कहाँ सरकूँ?

उत्कर्ष : हिलना, हिल-हिल।

पीटर : पागल हो गया है क्या?

उत्कर्ष : हाँ, आई एम क्रेज़ी, जा नीचे जाके बैठ।

पीटर : क्या मज़ाक़ है ये?

उत्कर्ष : जब से आया है यहीं जमके बैठा है।

पीटर : मैं यहाँ पहले से बैठा हूँ।

उत्कर्ष : नाम लिखा है क्या तेरा यहाँ?

पीटर : I read here it's a schedule.

उत्कर्ष : Yes you are a schedule, converted schedule.

पीटर : Shut up.

उत्कर्ष : लेट जा, यहाँ घास पे लेट जा।

पीटर : देखो, अब बहुत ज़्यादा बद्तमीज़ी हो रही है। उठो मेरी बेंच से।

उत्कर्ष : मेरी बेंच! तुझे सब चाहिए, थ्री बी.एच.के, रॉयल एन्क्लेव, आई-20, मकाऊ। सब कुछ तो है तेरे पास, अब ये बेंच तो छोड़ दे।

पीटर : **(ग़ुस्से में)** Enough of your nonsense. One more word and i'll call the cops.
जेल में सड़ेगा साले, तू जानता नहीं है मुझे।
(उत्कर्ष एक बार तो डरकर अपने चबूतरे तक जाता है। फिर अचानक अपने झोले से चाकू निकाल लेता है। पीटर पर तान देता है।)

उत्कर्ष : चल बुला, बुला ना, यहाँ गार्डन में किसे बुलायेगा? तेरा बाप बैठा है ना थाने में।

पीटर : देखो, मैं कह रहा हूँ...

उत्कर्ष : हाँ मैं सुन रहा हूँ।

पीटर : अरे मैं यहाँ पहले से बैठकर अपना शान्ति से पढ़ रहा था।

उत्कर्ष : छीन ले, जा लेके आना पुलिस को।

पीटर : अरे मैंने सैकड़ों किताबें पढ़ी हैं यहाँ, ये मेरी जगह है।

उत्कर्ष : जीत ले, लड़ के जीत ले। मर्द बन मिट्ठू, मिर्ची खायेगा मिट्ठू।
(पीटर को चिढ़ाता है।) "मियाँ मिट्ठू बीवी का पिट्ठू, मियाँ मिट्ठू बिवी का पिट्ठू।"

पीटर : ज़बान सँभालो अपनी।
(उत्कर्ष फिर चाकू से डराता है।)

पीटर : मारोगे, मारोगे मुझे, एक बेंच के लिए अब चाकू चलाएँ हम लोग।

(दोनों एक-दूसरे को स्टेयर करते हैं–टेंशन।)

उत्कर्ष : **(उत्कर्ष, पीटर को चाकू कैच कराता है।)**

उत्कर्ष : ले, अब टक्कर बराबर की है।

पीटर : Nonsense.

उत्कर्ष : चला चाकू, मर्द बन, लड़ अपने आत्मसम्मान के लिए।

पीटर : देखो, मैं जा रहा हूँ, मेरी किताब दे दो।

उत्कर्ष : लड़ जनखे लड़, लड़ अपनी नौकरी के लिए, अपने फ्लैट के लिए, अपनी बेंच के लिए, बता अपनी मर्दानगी। लड़के तो पैदा होते नहीं हैं, साला बेटियों का बाप। बाप तो तू ही है ना! या टेस्ट ट्यूब छोरियाँ है।

पीटर : **(पीटर ग़ुस्से में)** चुप हो जाओ।

(पीटर के कानों में बारी-बारी से जेनी और उत्कर्ष का संवाद गूँजता है 'यू काण्ट')

(गुत्थम-गुत्था, स्ट्रगल, किसी एक के चाकू लग जाता है। दर्शकों को ऐसा लगना चाहिए कि पीटर घायल हो गया पर मरा उत्कर्ष है। दोनों अलग होते हैं, उत्कर्ष ढेर हो जाता है।)

पीटर : ओह माय गॉड...ये क्या करवा दिया तुमने।

उत्कर्ष : जाओ दोस्त पुस्तक लेकर निकल जाओ।

पीटर : नहीं कुछ नहीं होगा तुम्हें आई विल गेट हेल्प।

उत्कर्ष : फँस जाओगे पीटर! निकल जाओ, पुलिस केस है।

पीटर : You instigated me.

उत्कर्ष : निकल जाओ पीटर।

(डरा हुआ पीटर जाने लगता है।)

ठहरो! फिंगर प्रिंट्स पोंछो।

(पीटर फिंगर प्रिंट्स पोंछता है, जाने लगता है।)

ठहरो! सिगरेट के टुकड़े।

(अपने सिगरेट के टुकड़े उठाता हुआ जाता है।)

ठहरो! जूते के निशान।

(हर तरफ जूतों के निशानों से हताश पीटर घुटनों पर बैठ जाता है।)

जानते हो मैं चिड़ियाघर क्यों आया, सुबह से पैदल, मैं चाहता था आज किसी को, किसी को भी उत्तेजित करूँ, उकसाऊ अपने आत्मसम्मान के लिए लड़ने को। मुझे डर था दोस्त, तुम डर के भाग जाओगे। पर तुम लड़े, तुम लड़े, अपने आत्मसम्मान के लिए।

अलविदा दोस्त। जूते मन्दिर में छोड़कर चले जाओ।

(पीटर का पुस्तक लेकर मंच से प्रस्थान।)

(उत्कर्ष अमिताभ बच्चन की तरह डेथ सीन देता है।)

'हाथ साफ़ हो गया माँ, बहुत थक गया हूँ माँ, माँडवा, माँडवा, अरे मेरा पारीक सदन।'

(मर जाता है। थोड़ी देर मरे रहने के बाद उत्कर्ष लपक कर खड़ा होता है, बेंच पर कब्ज़ा करता है, दर्शकों को ट्रिक चाकू दिखाता है। झोले में से तकिया निकालता है, उसमें हवा भरता है, बेंच पर सो जाता है।)

[पंछियों की चहचहाहट में फेड आउट]

[समाप्त]

पेइंग गेस्ट

प्रस्तावना

अनुवादित और रूपान्तरित नाटकों ने हिन्दी रंगमंच को सदैव ही समृद्ध किया है। इसी परम्परा में इतालवी लेखिका नतालिया जिंसबर्ग कृत 1968 में रचित 'द एडर्वाइज़मेंट' से प्रेरित 'पेइंग गेस्ट' प्रस्तुत कर रहा हूँ।

नाटक की विषय-वस्तु नाट्य लेखन के शिल्प पर पूर्णतः निर्भर है। विषय अपने आप में दर्शकों को उद्वेलित नहीं कर सकता, यह मुद्दे को पेश करने का शिल्प ही है जो दर्शकों का पात्रों से तादात्म्य करवाता है। इसी हुनर की बदौलत कुछ कृतियाँ सर्व प्रासंगिक हैं और उन कृतियों की सार्वभौमिकता उन्हें अपने प्रान्त के दायरे से बाहर ला नाट्य जगत में लोकप्रिय बना देती है। प्रस्तुत नाटक भी ऐसी ही एक कृति है।

यह नाटक महानगर के तीन निवासियों की व्यथा है, उनकी च्वॉइस और डिस्पोज़ेबल होते सम्बन्धों की विडम्बना है। क्या ख़त्म हो जाने के बाद भी सम्बन्ध नये सिरे से बनने लगते हैं कभी? क्या टूटे हुए रिश्तों से अधिकारबोध छूट भी पाता है कभी? कहीं बेहद नफ़रत, असीम रिक्तता, एक खलिश बनके ज़िन्दा तो नहीं रहता वो सम्बन्ध किसी ज़रूरी से जज़्बे की याद दिलाता। नाटक की यही पृष्ठभूमि इसे समकालीन बनाती है।

तलाकशुदा शोभना अपने फ्लैट में अकेली रहती है। वर्षा बतौर पेइंग गेस्ट शोभना के यहाँ रहती है। दोनों में घनिष्ठता हो जाती है। शोभना से प्रभावित वर्षा शोभना के पूर्व पति अंकुश से पूर्वाग्रहित है और यही पूर्वाग्रह अंकुश से पहली ही मुलाक़ात में सम्मोहन में बदल जाता है।

पेइंग गेस्ट ऐसी ही खिन्नता, अवसरवाद और सम्बन्धों के बिखराव को दर्शाता है। नाटक के भारतीयकरण हेतु मूल कृति से कुछ छूट ली है, पर पात्रों के मौलिक द्वन्द्व वही हैं। रूपान्तरण प्रक्रिया में प्रिय अभिनेता अखिल शर्मा का अमूल्य सहयोग रहा। नाटक को आप तक पहुँचाने के लिए वाणी प्रकाशन का विशेष आभार है।

–विशाल विजय
(रा.ना.वि. 2003)
निर्देशक/अभिनेता/लेखक
सचिव, फोर्थ वॉल जयपुर
संचालक, अभिनय दर्पण स्टूडियो

शोभना : उम्र 31, तलाक़शुदा, अंग्रेज़ी स्कूल में शिक्षिका। महानगर में अपने फ़्लैट में अकेली रहती है।

वर्षा : उम्र 26, एम.फिल. की छात्रा, महानगर में बतौर पेइंग गेस्ट रहती है।

अंकुश : उम्र 35, शोभना का तलाक़शुदा पति, पेशे से आर्किटेक्ट।

अंक एक

दृश्य एक

[शोभना का सुसज्जित फ़्लैट। घंटी बजती है। शोभना दरवाज़ा खोलती है। वर्षा का प्रवेश।]

शोभना : वर्षा, राइट।

वर्षा : जी, आपसे बात हुई थी पी.जी. के लिए।

शोभना : आपने कौन-से पेपर में एड देखा।

वर्षा : जी मैंने तो नेट पर देखा।

शोभना : स्ट्रैंज! मैंने तो नेट पर डाला ही नहीं, ये एजेंट भी ना। तुम करती क्या हो?

वर्षा : M.Phil in Psychology.

शोभना : From Rajasthan University?

वर्षा : नहीं, ऐमिटी यूनिवर्सिटी।

शोभना : ऐमिटी! आओगी जाओगी कैसे?

वर्षा : बस से।

शोभना : वेल, ये कमरा है, सेंट्रल पार्क फेसिंग 6000/- इन्क्लूसिव एवरीथिंग, रूम इलेक्ट्रिसिटी, पानी। चाहो तो टिफिन लगाओ, चाहो तो हमारी कुक

से बनवाओ but that will be 3000/- extra और कुछ?

वर्षा : जी मैं रूम देख लूँ?

शोभना : ऑफकोर्स, कुछ लोगी?

वर्षा : Its fine, thanks.

(वर्षा कमरा देखने जाती है, शोभना पानी ले आती है।)

वर्षा : You've kept it really well.

शोभना : अच्छा लगा?

वर्षा : Very nice.

शोभना : ये फ़्लैट मेरी अकेली के लिए बहुत बड़ा है। I don't need more than a room इसलिए... पिछले महीने तक एक फ्रेंच-इंटर्न रहती थी, very nice girl गार्डनिंग का बड़ा शौक था उसे।

वर्षा : Ya, I saw all the pots.

शोभना : तुम्हारी बालकनी वाले हटा देना चाहो तो।

वर्षा : It's nice, if you don't mind give me a day or two. मैं कुछ और ऑप्शन्स भी...

शोभना : हाँ-हाँ...आज एक म्यूज़िशियन लड़की भी आयी थी। फ्रेंकली स्पीकिंग मुझे जो ज़्यादा फ्रेंडली लगेगी मैं उसे ही रखूँगी। You know someone I can have a little chat with.

वर्षा : Ofcourse...How big is your family?

शोभना : मैं अकेली रहती हूँ, am divorced.

वर्षा : ओह! आप यहाँ पे...यू मीन आप घर में ही रहती हैं?

शोभना : कमरा मैं लेने आयी हूँ या तुम? **(हँसती है।)** डिवोर्स्ड हूँ, स्कूल में पढ़ाती हूँ, फ़्लैट की मालकिन हूँ। मेरे पति...एक्स हसबैंड आते-जाते रहते हैं। We are in good terms. I avoid my relatives, all relatives.

वर्षा : Am taking the room.

शोभना : अरे इमोशनल हो गयी क्या मेरी कहानी से?

वर्षा : नहीं I really like the flat & less people is good.

शोभना : रहने वाली कहाँ की हो?

वर्षा : आगरा, पुराने मोहल्ले में हमारी हवेली है। We run it as a guest house, foreign tourist really like it. पापा उनसे अंग्रेज़ी में बातें कर लेते हैं, बाकी सब मॉम सँभाल लेती है।

शोभना : मेरे एक्स-हसबैंड को ये पुरानी हवेलियाँ बहुत पसन्द हैं। वो आर्किटेक्ट हैं, अभी उन्होंने आमेर* में एक हवेली रिस्टोर की है टू द माईन्यूटेस्ट डिटेल। He likes to live at far-off farmhouse & drive to town for work और पीछे इतने बड़े घर में मैं अकेली, हर तरफ़ खेत, किसान, मवेशी। So I put my foot down. भई मुझे तो मेरी चहल-पहल भरी पॉल्यूटेड सिटी-लाइफ चाहिए ही चाहिए।

वर्षा : True एक बार बड़े शहर में रह लो तो त्योहार भी फीके लगते हैं होमटाउन में।

---

* आमेर—जयपुर शहर से लगा हुआ एक पुराना उपनगर।

शोभना : Country side is so depressing. Poor peasants I pitty them.

वर्षा : वो रह लेते होंगे उन्हें क्या पता लाइफ ऐसी भी होती है।

शोभना : ओह प्लीज़! उनके भी हमारे ही जैसे इश्यूज़ हैं, पिटती है, खेतों में पचती है, रो-पिटके पड़ी रहती है पति के पास। सामान कितना है तुम्हारे पास?

वर्षा : किताबें-किताबें-किताबें, एक लैपटॉप, कूलर और स्टोव, छोटा फ्रिज, कुछ बर्तन।

शोभना : स्टोव को तो पैक ही रहने देना, कूलर बालकनी में लग जायेगा और फ्रिज को बुक-शेल्फ़ बना देना तुम्हारी अलमारी फ्री हो जायेगी। अभी कहाँ रह रही हो?

वर्षा : तिलक नगर।

शोभना : वहाँ क्या प्रॉब्लम है?

वर्षा : उन्होंने घर बेच दिया।

शोभना : कोई लोकल गार्जियन है?

वर्षा : हाँ, एक अंकल हैं।

शोभना : Boyfriend?

वर्षा : जी?

शोभना : I'll be frank. No guests at all-at all, तुम्हारी मदर एलाउड है वन्स इन अ ब्लू मून। प्लीज़ दो दिन-दो दिन करके नो कज़न्स, नो फ्रेंड्स। कभी-कभार ठीक है पर रोज़-रोज़ लेट नाइट फ़िल्म्स या पार्टीज़ के प्लान मत बनाना।

वर्षा : कोई सेपरेट एंट्री नहीं है?

शोभना : सिक्योरिटी भी कोई चीज़ होती है। सेपरेट एंट्री 4 बी.एच.के. में हैं। बात करवाऊँ?

वर्षा : अगर मैं बाहर जा रही हूँ तो मुझे नहीं लगता कि मैं 10:30-11:00 तक लौटूँगी। आई डोण्ट ड्राइव, आते-आते देर हो सकती है।

शोभना : Am saying don't make it a routine. Look I don't want to be those intruding aunties जो तुम्हारी moral policing करें।

वर्षा : I understand it won't be a problem.

शोभना : गुड, चलो कॉफ़ी पीते हैं। कॉफ़ी तो पीती हो ना? सिगरेट? **(दोनों हँसते हैं।)**

वर्षा : मैंने पासपोर्ट के लिए एप्लाई किया है तो वो लीज़ एग्रीमेंट बन सकता है।

शोभना : देट कैन बी डन...रहोगी साल भर?
(दोनों किचन में जाती हैं।)

[फेड आउट]

दृश्य दो

[मध्यरात्रि। शोभना हॉल में काऊच पर लेटी चैनल बदल रही है। वर्षा अपने कमरे से निकलकर पानी लेने किचन तक जाती है।]

शोभना : सोयी नहीं लड़की?

वर्षा : आप नहीं सोये?

शोभना : इन्सोम्निया। आजा टी.वी. देख ले।

वर्षा : I hate T.V.

शोभना : मी टू, सालों से ये शोज़ चल रहे हैं पता नहीं इतने टंटों के बावजूद ये निभा कैसे लेते हैं। हमारी तो ढाई साल नहीं निभी।

वर्षा : क्या हुआ था? इफ आई मे आस्क।

शोभना : I had an affair with his friend.

वर्षा : Wow!

शोभना : Wow?

वर्षा : I meant how?

शोभना : Coffee घोंट!

(शोभना टी.वी. बन्द करती है। वर्षा किचन से कॉफ़ी लेकर आती है, बातचीत के दौरान कॉफ़ी घोंटती रहती है।)

शोभना : मैं फाइनल ईयर हिस्ट्री ऑनर्स में थी और ये बी.एफ.ए. और फ्रेंच लैंग्वेज़ से ड्रॉपआउट हो कर फाइनली आर्किटेक्चर में सेटल हुए थे। युनिवर्सिटी के इण्टैलैक्युअल्ज़ में उठना-बैठना था। लाइब्रेरी में ऐसे आते-जाते थे जैसे वी.सी. हो। सब उन्हें जानते थे। चलते-फिरते इनसाइक्लोपीडिया। एक दिन मैं लाइब्रेरी में किताबें ढूँढ़ रही थी। बैग, हील्स, चुन्नी, पेंसिल कभी ये गिरे-कभी वो। छींकों से बेहाल, आई वॉज़ वेरी क्लमज़ी और किताबें मिल ही नहीं रही थीं। तभी अचानक एक आदमी मुझसे फ्रेंच में बतियाने लगा–"Bonsure madam, are you looking for your books?"

वर्षा : It was him.

शोभना : इन्होंने मुझे टाइटल से, ऑथर के नाम से एक्सेशन नम्बर ढूँढ़ना सिखाया। और सब कुछ फ्रेंच में, पट्‌ठा एक शब्द हिन्दी नहीं बोला।

वर्षा : और आप सीख गयीं?

शोभना : यस, फिर वो ज़ोर-ज़ोर से छींकने लगे। 'मर गया–मर गया दिस गर्ल किल्ड मी'। जिस लाइब्रेरी में कुर्सी खींचना भी अलाउड नहीं है वहाँ ये नाटक। सब हँस रहे थे। मैं तो किताबें छोड़-छाड़ के भागी वहाँ से। हफ़्ता भर लाइब्रेरी नहीं गयी।

वर्षा : फिर?

शोभना : फिर एक दिन मैं एक्ज़ामिनेशन फीस की लम्बी लाइन में खड़ी थी। सारे अलग-अलग डिपार्टमेंट की फीस एक इसी विंडो पर जमा हो रही थी। I don't know how Amity functions but Rajasthan University का तो बुरा हाल है। पता नहीं कहाँ से इन्होंने मुझे देख लिया। 'Bonsure Madam, आप लाइन में क्यों खड़ी हैं' इन्होंने मेरा हाथ पकड़ा और बैक डोर से सीधा ऑफिस के अन्दर, कैश काउण्टर के अन्दर से मुझे बाहर वो लम्बी लाइन दिख रही थी, जिसमें मैं भी थी। खटा-खट मेरी पर्ची कटाई और ग़ायब। मुझे लगा अभी आयेगा तो थैंक्स कह दूँगी।

वर्षा : Wait a minute. तो आपकी लव मैरिज हुई थी?

शोभना : हाँ, लव मैरिज एण्ड हैट डिवोर्स। हाथ चलाती रह।

(वर्षा कॉफ़ी घोंटती रहती है।)

शोभना : एक रोज़ हमारे डिपार्टमेंट का 'इंडियन फ्रीडम स्ट्रगल' का सेमिनार था। बड़े-बड़े स्कॉलर्स आये थे। हम लड़कियाँ वॉलण्टियर थीं। यू नॉ वेलकम करना, अनाउन्समेंट करना...हमारे हेड 'एट्रॉसिटी ऑफ कोलोनियल रिजीम' पर बोल रहे थे। Q. & A. शुरू हुआ। पीछे भीड़ में एक बन्दे ने हाथ खड़ा किया।

वर्षा : इट वॉज़ हिम, आपके हसबैंड?

शोभना : वेल, तब तो यह मेरे दोस्त भी नहीं थे। इस बन्दे ने पूरा सेमिनार ही पलट दिया। ये कह रहा है 'अंग्रेज़ नहीं होते तो इंडियंस आज भी आदिवासी होते। रेलवे वो लाये, लॉ वो लाये, बैंकिंग वो लाये, गाड़ी, बिजली, सड़क। अंग्रेज़ों ने ही इंडिया को बनाया है और चलाया है।' एण्ड ही वेंट ऑन एण्ड ऑन एण्ड ऑन हॉट-हीटेड आरग्यूमेंट, हॉल के एक तरफ़ सारे प्रोफ़ेसर्स, दूसरी तरफ़ ये अकेला। 'यंगमैन-यंगमैन' कह कर प्रोफ़ेसर इनको शान्त करने की कोशिश कर रहे थे। एण्ड ही वाज़ लाइक 'सालो अंग्रेज़ों की बनाई बिल्डिंग में बैठकर उन्हीं को क्रिटिसाइज़ कर रहे हो' एण्ड क्लैपिंग्स। उस बोरिंग सेमिनार को जिसे सब आउट ऑफ कम्पलशन और फ्री फूड के लिए अटैंड कर रहे थे एकदम लाइवली हो गया। पूरा सेशन डिस्रप्ट हो गया।

वर्षा : So he was kind of a rebel.

शोभना : नो, नो, कोई रिबल-बिबल नहीं, बस जनाब ओवर ओपीनिएटेड हैं। हर चीज में अपनी टिप्पणी देना ज़रूरी है। ना कोई इण्टैलैक्चुअल है, ना रिबल।

वर्षा : फिर?

शोभना : मुझे बहुत ज़ोर से ग़ुस्सा आया। मैंने इनको कॉर्नर किया। 'तुम्हारी प्रॉब्लम क्या है? तुमसे

पूछा किसी ने, एम.फिल. हो, पीएच.डी. हो, इनवाइटी हो, गेस्ट हो। क्या इम्प्रेशन लेकर जायेंगे सारे प्रोफ़ेसर्स?' ही वॉज़ शॉक्ड। मैंने कहा 'एग्ज़ाम में तो हम वही लिख के पास होंगे ना जो सिलेबस में है।' वो चला गया।

शोभना : हफ़्ता दस दिन बीत गये, मैं क्लासरूम के बाहर अपनी फ्रेंड्स के साथ बैठी थी, हम नेक्स्ट लेक्चर का वेट कर रहे थे। तभी मेरे सामने बहुत सारी वन वीक सीरीज़ गिरी।

वर्षा : It was him.

शोभना : हू एल्स! 'चाटो, रट्टा मारो। पास ही होना है तो रेगुलर कोर्स में एडमिशन क्यों लिया कोरसपोंडेस करती। क्या ज़रूरत है युनिवर्सिटी की, लाइब्रेरी की, घर बैठो, रटो और 90% लाओ। जाओ अटेंडेंस पूरी करो।'

वर्षा : He didn't.

शोभना : ही डिड, मैं रोते-रोते हॉस्टल वापस आयी, अपना सामान पैक किया और बीकानेर चली गयी। माई होम टाउन।

वर्षा : आपने पढ़ाई छोड़ दी?

शोभना : नहीं ईडियट एग्ज़ाम तक नहीं आयी। घर पर ही पढ़ती रही। जब वापस हॉस्टल लौटी तो सब लड़कियाँ मुझे देखकर स्माइल करें, कानाफ़ूसी चल रही है, मैं कुछ समझी नहीं। मेरे रूम के बाहर मुरझाये हुए बुके पड़े थे।

वर्षा : Don't tell me.

शोभना : एक-दो तो बाकी लड़कियाँ अपने रूम में ले जा चुकी थीं। दरवाज़ा खोलते ही फ्लोर पे अपोलोजी के ग्रीटिंग कार्ड्स, नेक्स्ट डे वो एग्ज़ाम हॉल के बाहर ही खड़ा हुआ था। Smiling as if I will hug him. मेरा और पारा चढ़ गया। 'Look am really sorry...I shouldn't have.'

वर्षा : French में?

शोभना : 'जी...मैं तो...क्या मैं...देखिए आप तो अभी भी...' मैंने कहा—'लुक, कल मेरा पेपर है मुझे पढ़ना है आप प्लीज़ जाओ।' 'हाँ तो उसी के क्वेश्चन्स तो लाया हूँ।'

वर्षा : What?

शोभना : कहने लगा 'कल आपका पेपर है ना ये रहे उसके एस्से टाइप क्वेश्चन्स।' मुझे पन्ना थमा दिया। And to my astonishment next day first five questions as it is.

वर्षा : Don't tell me.

शोभना : मैं यहाँ साल भर से पढ़कर आँखें फोड़ रही हूँ, वहाँ पेपर ही आउट है। फाइनल ईयर में जाके मुझे पता चला कि सिर्फ़ मैं ही एक ईडियट हूँ जो जेन्युइनली पढ़-पढ़ के पास हो रही हूँ। I kept thinking about him. मेरा पूरा पेपर बिगड़ गया। बाहर आयी तो ये बेशरम सामने ही खड़ा था। उसे देखते ही मुझे हँसी आ गयी।

वर्षा : फिर?

शोभना : फिर क्या। 'प्लीज़ मैं आपको हॉस्टल छोड़ दूँ?' मैं उसकी एनफील्ड पर बैठ गयी। हालाँकि बुलेट वाले लड़कों से हमें बहुत डर लगता था। उसने मुझसे पूछा 'आपने नाहरगढ़ फोर्ट देखा है?' जब तक मैं कुछ बोलती 'नहीं मेरा एग्ज़ाम है, मुझे पढ़ना है', बाइक यूनिवर्सिटी के बाहर, इतनी तेज़ चला रहा था कि मेरे नाख़ून उसके कन्धों में गढ़ गये। वो ड्राइव मैं कभी नहीं भूलूँगी। कलेजा मुँह को आ रहा था, लगा—अब गिरे, अब भिड़े और वो पूरे रास्ते बोलता रहा। जयपुर की हिस्ट्री गर्दन पीछे घुमा-घुमाके मुझे बता रहा था। उसने मुझे पूरा फोर्ट दिखाया, सनसेट दिखाया। नाहरगढ़ इज़ ए रिस्की प्लेस, बचना। एक-एक करके पूरे शहर की लाइट्स ऑन हुईं। वापस आते हुए उसने बाइक बन्द कर ली। ढलान में बाइक लुढ़कती हुई नीचे आ गयी। वो बिल्कुल ख़ामोश था। मुझे बहुत ठण्ड लग रही थी, एण्ड अनकन्ट्रोलेबल सू-सू। हॉस्टल आते-आते 10 बज चुके थे। हमारे टाइम में आठ बजे हॉस्टल के गेट बन्द हो जाते थे। गार्ड रूम के बाहर ज़ोर-ज़ोर से हॉर्न बजा रहा है। मैं इतना घबरा गयी थी। डाँट रहा है गार्ड को 'सो रहा है क्या? गेट खोल।' और गार्ड इसको एक्सप्लेनेशन दे रहा है—'भैया जी...वो वॉर्डन मैडम...', 'गेट खोल रहा है या मैं उतरूँ नीचे?' बाइक हॉस्टल के कम्पाउण्ड के अन्दर, मैं उतर के भागी अन्दर,

उसने मुझे रोका और नेक्स्ट पेपर के क्वेश्चन्स दे दिये।

वर्षा : किस नहीं किया?

शोभना : फिर अगले 7-10 दिनों में मैंने पूरा जयपुर देख लिया। एक-एक क़िला, बावड़ी, पुराने मन्दिर।

वर्षा : एग्ज़ाम्स का क्या हुआ?

शोभना : फर्स्ट क्लास। हमारा हॉस्टल दो ग्रुप्स में बँटा था। एक जिनके ब्वॉय-फ्रेंड्स हैं और दूसरा जो झल्ली हैं। रातों-रात मेरा स्टेटस चेंज हो गया। जब मैं झल्ली थी, हॉस्टल में ही रहती थी और अब मेरा ही सारा दिन सड़कों पर बीतता था।

अजीब शौक़ थे उसके, बाइक, फ़ोटोग्राफ़ी, आर्ट। बोलता बहुत था एण्टी-स्टेब्लिशमेंट, एण्टी सिस्टम। मैं बस उसे सुनती रहती थी। कभी मुझे बाइक चलाना सिखाता, कभी फ़ोटोग्राफ़ी।

एक दिन मुझसे कहता है—'जींस भी पहनती हो या सारे कपड़े बहन जी टाइप ही' माय फर्स्ट लिवॉइस। पागलों की तरह मैं उसकी हर बात मान जाती थी।

गार्ड तो जैसे हमारा ही इन्तज़ार करता था। एक दिन उसने मुझसे कहा—'मुझे ऊपर आना है।'

वर्षा : गर्ल्स हॉस्टल में? आ गया?

शोभना : तुम्हें क्या लगता है?

वर्षा : Don't tell me.

शोभना : Long live Rajasthan University. ना मैं रस्टीगेट हुई, ना सस्पेंड हुई। फिर एक दिन मैं खूब रोई क्योंकि मेरा एम.ए. ख़त्म हो गया था, हॉस्टल छोड़ना था। वो कुछ नहीं बोला, मुझ रोती हुई की फ़ोटो लेता रहा। 'चुप हो जाओ, अपने घर जाओ और मुझे कोई फ़ोन मत करना, नो सेण्टीमेण्टल लेटर्स।' 'नहीं लिखूँगी।' मैं और रोई, उसने बाइक उठाई और वो चल दिया। मुझे बस तक छोड़ने भी नहीं आया।

वर्षा : बस ख़त्म।

शोभना : गुड नाइट।

वर्षा : नहीं-नहीं, प्लीज़-प्लीज़।

शोभना : एक महीने हमारे बीच में कोई कॉन्टेक्ट नहीं रहा। मैं जॉब एप्लीकेशन्स में बिज़ी हो गयी। एक दिन मैं घर आयी तो एक आदमी मेरे पापा से मेरी शादी की बात कर रहा था।

वर्षा : No way.

शोभना : मेरे पेरेण्ट्स को ये पहले ही दिन से फूटी आँख पसन्द नहीं आये। पता नहीं इन्होंने आधे घण्टे में मेरे फादर को क्या-क्या कह दिया था। मेरे घरवाले शॉक्ड थे, मैं खुद शॉक्ड थी। एण्ड ऑन टॉप ऑफ देट ये चाहता था कोर्ट मैरिज हो, नो बैण्ड बाजा।

वर्षा : तो शादी हुई आपकी? आह! सिली मी।

शोभना : इनकी माँ ना मेरी सास बनी ना मेरी दुश्मन। उन्होंने कभी मुझे अपनी बहू नहीं माना। इनकी बहन नीता जो सिर्फ़ पैसा पहनती है और पैसा ओढ़ती है वो ना कभी मेरी ननद बनी, ना दोस्त। शादी की फ़ोटोग्राफ्स ऐसी आयी हैं जैसे सबको थप्पड़ मारके बैठाया हो।

वर्षा : क्यों?

शोभना : क्योंकि मैं अमीर नहीं थी। और सब कुछ बहुत अचानक था। मेरे पेरेण्ट्स को लड़का पसन्द नहीं आया बट उन्हें ये प्रॉपोज़ीशन अच्छा लगा। हींग लगे ना फिटकरी लड़की भी विदा हो जाये। बड़े ही अनमने मन से हमारी शादी हुई पर मैं ख़ुश थी, ये ख़ुश थे। हम पूरा हनीमून बाइक पे सिटी टू सिटी घूमते रहे। वी वर लाइक जिप्सीज़। वी ड्रॉव टू जैसलमेर, उदयपुर। टैण्ट्स में रहे, ढाणियों में रहे, स्लेप्ट ऑन सैण्ड ड्यून्स।

वर्षा : लेकिन जब वो बीकानेर आये तो उन्होंने आपसे क्या कहा?

शोभना : उसने कहा—'अगर तुम दोबारा रोयीं तो मैं फिर भाग जाऊँगा। हम शादी के बाद अलग अपने घर में रहेंगे। मुझे एक आर्किटेक्ट फर्म में नौकरी मिल गयी है। अगर तुम्हारे पास भी कोई और ऑप्शन नहीं है तो अपने पापा को समझाओ।' मेरे लिए वो एक रिंग अपने साथ लाया था। देट्स अबाउट इट।

वर्षा : क्लासिक! तो फिर आप लोग...

शोभना : कोई और रात काली करेंगे।

(शोभना उठ के चल देती है, वर्षा कप किचन में रख के आती है।)

शोभना : पता नहीं, वो मेरी नौकरी से ख़ुश नहीं था, मुझसे ख़ुश नहीं था। वो किसी प्रोजेक्ट पर बाहर जाता तो नो फ़ोन कॉल्स। आता तो नो मिस यू, नो लव यू। पर ठीक चल रहा था। धीरे-धीरे वो फ़ोटोग्राफ़ी से भी पुट ऑफ हो गया, आई वाज़ण्ट हिज़ म्यूज़ एनी मोर। बाय चॉइस हम दोनों को ही बच्चे नहीं चाहिए थे। Then he got his biggest break ever, this apartment. वो पागलों की हद तक इस प्रोजेक्ट में इनवॉल्व हो गया। रिज़ल्ट तुम देख ही रही हो। इतना पॉज़िटिव अपार्टमेंट पूरे शहर में कोई और नहीं है।

फ़्लैट् की रजिस्ट्री मेरे नाम कराई। किसी तरह की पूजा, हवन, गृह-प्रवेश करने से उसने मुझे साफ़ मना कर दिया। मैंने पूछा–'घर मुझे क्यों दे रहे हो?' वो बोला–'अगर कल को मुझे कुछ हो गया तो?'

अब जनाब को पेंटिंग्स खरीदने का नया शौक़ चढ़ा। अचानक मेरा घर विज़ुअल आर्ट्स से भर गया। महँगी-महँगी किताबें, एब्सर्डइज़्म, इम्प्रेशनिज़्म। Then he took a residential course in design at Munich University Germany. मैं बहुत ख़ुश हुई। लेकिन उसने मुझे साथ ले जाने से मना कर दिया।

उसने कहा–'I don't want to mix study & relationship.' That was the first jolt of reality. दिनों इस बात पर हमारी तनातनी चलती रही। वो चला गया। He Left. जर्मनी से कोई रेगुलर फ़ोन नहीं, किया तो किया।...

मेरे इन-लॉज़ के बीच में अनवॉण्टेड थी। मेरे घरवालों से वो कभी मिलता नहीं था। सब कुछ बड़ा बनावटी और फॉर्मल था। फॉरमेलिटी के लिए भी उसकी माँ या बहन ने कभी मेरी ख़ैर-ख़बर नहीं पूछी। I was left alone. उसकी बेरुखी और एबसेन्स में I grew closer to his bestfriend मुनीर। वो ज़रूर मुझसे मिलने आ जाता था।

मैंने कभी ऐसा सोचा नहीं था, मेरा कोई इरादा नहीं था, पर मैं बहुत-बहुत अकेली थी। मुनीर सपोर्टेड मी। वो मुझे सुनता, मेरा हाथ थामे बैठा रहता। Then something happened between us. मुनीर यहीं रुकने लगा।

एक दिन अचानक मेरे फ़्लैट का दरवाज़ा खुला। चाबी घुमाने वाला अंकुश था। नो कॉल, नो इण्टीमेशन। हम तीनों शॉक्ड थे। वो दोनों चले गये और मैं अकेली रह गयी इस फ़्लैट में।

वर्षा : पेच-अप...

शोभना : कौन कराता पेच-अप।

ना उनकी माँ ने पहल की ना मेरे पाप कुछ बोले, ना मैं रोयी, ना गिड़गिड़ाई। हम सब गिल्टी थे। मेरा भाई ज़रूर उससे बात करने गया था और म्यूचुअल सेटलमेंट की फ़ाइल ले आया। मैंने बताया मैं बहुत अकेली थी, इग्नोर्ड थी। तुम्हारी तरफ़ से कोई अफ़ेक्शन, कोई इच्छा, कोई स्पर्श नहीं था। क्या हो जाता अगर मैं भी साथ चल पड़ती तो। उसने कहा–'तुमसे दूर जाने के लिए ही मैं जर्मनी गया था।'

मैंने पूछा–'अब कोई होप है?' उसने कहा–'दोस्त हूँ पर अब पति नहीं बन सकता, ना तुम्हारा, ना किसी और का।' और उसने ये भी कहा–'अगर ऑफिस में कोई सीन क्रिएट किया तो दोस्ती भी तोड़ लूँगा।' मैंने फ़्लैट और दोस्ती रख ली।

(शोभना रुआँसी होती है। वर्षा उसे गले लगाती है।)

[फेड आउट]

दृश्य तीन

[घंटी बजती है। अंकुश का प्रवेश। वर्षा दरवाज़ा खोलती है।]

अंकुश : शोभा है?

वर्षा : वो सो रही है।

अंकुश : अभी तक?

वर्षा : Slept late.

अंकुश : **(Shout)** शोभा-शोभा।

वर्षा : शऽऽऽऽऽऽ

अंकुश : मेरा ही घर है, बनाया भी मैंने ही है Miss...

वर्षा : वर्षा।

अंकुश : मिस वर्षा दी ब्यूटीशियन।

वर्षा : Am not a beautician.

अंकुश : इंटीरियर डिजाइनर हो?

वर्षा : M.Phill. Psychology

अंकुश : क्या होती है साइकोलॉजी?

वर्षा : Study of human behavior.

अंकुश : Innate human behavior, irrational human behavior, human behavior my foot. एक चाय बनाओ।

वर्षा : जी?

अंकुश : तो शोभना को उठाओ।

वर्षा : मैंने कहा ना वो सो रही है। ...नॉट फीलिंग वेल।

अंकुश : कौन-सा कमरा है तुम्हारा?

वर्षा : That one.

अंकुश : ओह! हमारा मास्टर बेडरूम अब पी.जी. है, बेस्ट व्यू। कॉलेज कैसे जाती हो?

वर्षा : Bus.

अंकुश : बस...पापा को बोलो नेनो-वेनो लेके दें।

वर्षा : नहीं चाहिए।

अंकुश : चलानी नहीं आती।

वर्षा : आपकी एडवाइस नहीं चाहिए।

अंकुश : आह! लगता है काफ़ी कुछ सुन चुकी हो हमारे बारे में...तो क्या कहती है तुम्हारी साइकोलॉजी।

वर्षा : Self indulgent, arrogant, detached.

अंकुश : Am glad you've made friends with shobhna. She's very lonely.

वर्षा : बताया उसने मुझे, सब कुछ।

अंकुश : जज साहिबा फरियादी की भी तो सुनिए।

वर्षा : Shobhna is still hoping that you might come back.

अंकुश : उसे लगता है I left her because something happened. वो तो बस एक...मैं तो वैसे भी।

वर्षा : Male...Typical male.

अंकुश : तू बड़ी वकील बन रही है। I loved her, शादी भी की but then we drifted apart.

मैं किसी को सेंस ऑफ सिक्योरिटी नहीं दे सकता। जब लोग मुझ पर depend होने लगते हैं तो...

वर्षा : तो तुम भाग जाते हो—एस्केपिस्ट।

अंकुश : सारी साइकोलॉजी आज ही पढ़ा दोगी।

ये ज्ञान लोगों को समझने के लिए अर्जित कर रही हो या उन्हें एक्यूज़ करने के लिए।

हाउ ओल्ड आर यू...23?

वर्षा : 6...26।

अंकुश : सम्बन्धों को समझने में समय लगेगा तुम्हें, जाओ चाय बनाओ कम चीनी की।

वर्षा : Are you ordering me?

अंकुश : जैसा सुना था उससे काफ़ी अलग हो।

(शोभना का प्रवेश।)

शोभना : अरे तुम कब आये?

अंकुश : बस...

शोभना : She is the new girl. 'Varsha', 'Ankush' मैंने बताया था ना।

अंकुश : ओह...अच्छा-अच्छा hello.

वर्षा : I'll be in my room.

(वर्षा का प्रस्थान।)

अंकुश : ये शृंगारू घोड़ी कुछ काम-वाम भी करती है या...

शोभना : She is very sweet.

अंकुश : तुम ठीक हो?

शोभना : Ya. ...Just slept late. देर रात तक बातें करते रहे।

अंकुश : काफ़ी कन्विंस्ड है तुम्हारी tales of misfortune से।

शोभना : ...कैसे आना हुआ?

अंकुश : मॉम हॉस्पिटलाइज़्ड हैं, मैं रातभर हॉस्पिटल में ही था।

शोभना : ओह! मुझे फ़ोन क्यों नहीं किया। How is she now?

अंकुश : Better, still in ICU, हल्का एन्जाइना पेन था।

शोभना : ओह गॉड! मैं नहा के आयी, फिर चलते हैं।

अंकुश : वो ठीक है शोभा।

शोभना : मैंने कहा ना एम कमिंग। कुछ बना लूँ उनके लिए? अभी कौन है वहाँ?

अंकुश : नीता है।

शोभना : अचानक कैसे?

अंकुश : एक पार्टी में थी, थैंक्स टु मुनीर, ही रश्ड हर ऑन टाइम।

शोभना : मुनीर? यू आर फ्रेंड्स विद मुनीर?
मतलब मुझे तुमने छोड़ दिया और मुनीर के यहाँ आना-जाना है।

अंकुश : We don't get along but parents का आना-जाना है।

शोभना : Sick you are.

अंकुश : मैं पहले भी कह चुका हूँ शोभा, that episode meant nothing to me.

शोभना : How can you see that man?

अंकुश : जैसे तुम्हें देखता हूँ।

शोभना : इतनी तुच्छ हूँ मैं तुम्हारे लिए।

(वर्षा का प्रवेश।)

वर्षा : Feeling fine.

शोभना : **(वर्षा से)** थोड़ा हेडएक है।

(अंकुश से) When you look him in the face ग़ुस्सा नहीं आता तुम्हें। He was your best friend & he betrayed you.

अंकुश : **(वर्षा से)** बैठो-बैठो, The show has Just started.

(शोभना से) तुम्हें समझाना बेकार है।

शोभना : तो समझाओ मुझे। वो तुम्हारे पीछे से आता रहा, मुझे लगा तुमने उसे...और तुम्हारा उसके यहाँ आना जाना है। ईर्ष्या करने का भी माद्दा नहीं है तुममें।

अंकुश : हर किसी से दुखड़े रोती रहोगी तो हमदर्द बिस्तर में ही मिलेंगे...I hope she is not a bloody lesbian. I walked out that night क्योंकि मुझे लगा अब तुम मुनीर के साथ हो So I should clear out. It was already over between us. क्यों गया था मैं जर्मनी तुम्हारे बिना। Because you were suffocating me.

शोभना : (चीख़कर) तो आते क्यों हो यहाँ?

(कुछ क्षणों तक तीनों मौन।)

अंकुश : 501, Fortis.

(अंकुश का प्रस्थान, सकपकाई वर्षा, परेशान शोभना को देखती है।)

अंक दो

दृश्य एक

[किसी कॉफ़ी शॉप में अंकुश और वर्षा की मुलाक़ात।]

अंकुश : Am I late?

वर्षा : You are always late.

अंकुश : And you are always ravishing. कहाँ जा रही हो?

वर्षा : घर।

अंकुश : मेरे घर चलते हैं।

वर्षा : Am not your mistress. क्या कहते हैं मिस्ट्रेस को फ्रेंच में?

अंकुश : वर्षा...am hungry.

वर्षा : ऑर्डर करो, खाओ।

अंकुश : कहीं और नहीं चल सकते...

वर्षा : नहीं, मैं ऐसी कोई एस्थेटिक अनुभूति नहीं लेना चाहती जिसमें शोभना ने दीक्षा ली हो। You know you should try different things with different women.

अंकुश : Like.

वर्षा : Like being on time. **(उठ जाती है।)**

अंकुश : खुद की नाराज़गी मुझ पर क्यों उतार रही हो? छुपकर तुम यहाँ आयी हो मैं नहीं। **(She walks out)** वर्षा रुको! Can't we just have some decent time without being condescending?

वर्षा : Condescending! That's your fragrance Ankush, you emit it.

अंकुश : Move in with me ये घर छोड़ दो।

वर्षा : तुम...तुम...फिर से वही कहानी दोहराना चाहते हो। Young students your best muse.

अंकुश : Am not a womanizer वर्षा।
बहुत सालों बाद ऐसा महसूस हुआ है, किसी से मिलने का, बार-बार मिलने का मन हुआ है।

वर्षा : और फिर साल भर बाद जब मैं तुम्हारे सिखाए, बनाए साँचे में ढल जाऊँगी...तब...

अंकुश : अगर हम शोभा के थ्रू नहीं मिले होते तो...

वर्षा : अच्छा होता मिले ही नहीं होते।

अंकुश : मैं ऑफिशियली डाइवोर्स्ड् हूँ वर्षा। I am not cheating on anyone. पर खुद को भी धोखा नहीं दे सकता। मैं अपनी ज़िन्दगी अपने तरीके से जीता हूँ और मैं कह रहा हूँ मेरी और शोभा की बात अलग थी। That relationship died I don't know how, I don't know why & I am not blaming her either. खुद से पूछो क्यों आती हो तुम मुझसे मिलने?

वर्षा : मैं तुमसे मिली थी ताकि शायद...मैं तुम दोनों के बीच...

अंकुश : ओह प्लीज़, हमारे परिवार वाले जो पेचअप नहीं करा पाये वो तुम करातीं।

वर्षा : तुम्हारे परिवार वाले!

अंकुश : मत जाओ शोभा की बातों पर। मेरी माँ मुझसे नाराज़ थी क्योंकि मैं शादी के बाद अलग रहना चाहता था। I knew my mom had many expectations.

वर्षा : Complexes.

अंकुश : Am starving Varsha.

वर्षा : यहाँ भी तो ऑर्डर कर सकते हो।

अंकुश : नहीं मुझे 20 मील दूर गॉल्फ़ क्लब में ही लंच-बुफे खाना है।

वर्षा : क्या इण्ट्रोडक्शन दोगे मेरा?

अंकुश : मेरी फियॉन्सी।

वर्षा : और मैं क्या बोलूँगी अपने घरवालों को?

अंकुश : वो सब माइनर डिटेल्स है बाद में वर्कआउट कर लेंगे।

वर्षा : No no no...this is not right.

अंकुश : तो जाओ माथा फोड़ो किसी प्रोफ़ेसर के साथ।
(वर्षा अंकुश पर किताब फेंकती है।)

अंकुश : वर्षा प्लीज़ एक बार हमारी कहानी को शोभा से अलग करके देखो। प्लीज़ ये गिल्ट निकालो। Am a simple divorced man madly in love with you & you are too. पहली

मुलाक़ात से आज तक मिल ही तो रहे हैं ना हम। क्या बताती हो घर जाकर शोभना को कहाँ थीं तुम। कोई चोरी नहीं है यार।

अंकुश : Ankush I can't end up like her. She is very strong, मैं नहीं झेल पाऊँगी।

अंकुश : Look Versha I might have had a failed relationship but that doesn't mean...Oh come on Versha please leave her.

वर्षा : मैं तुम्हारे घर नहीं आऊँगी।

अंकुश : फाइन, कहीं और शिफ्ट हो जाओ, गिव मी अ चान्स। मैं ख़ुद शोभा को बताऊँगा। पर तुम्हारा मुझसे एक बार गिल्ट फ्री होके, मुझको मेरे अतीत से अलग करके, मिलना ज़रूरी है।

वर्षा : I hate you.

अंकुश : I love you.

(अंकुश वर्षा को बाँहों में भर लेता है।)

[फेड आउट]

दृश्य दो

[शोभना का फ़्लैट। वर्षा का सामान पैक्ड रखा है। आख़िरी बैग लेकर वो हॉल में आती है। शोभना कॉफ़ी घोंट रही है।]

शोभना : सब पैक हो गया?

वर्षा : हा मोस्टली तो पैक ही था...शोभना मैं इसलिए नहीं जा रही क्योंकि मुझे यहाँ कोई तकलीफ़ है।

शोभना : Oh please you don't owe me any explanation. It's your life.

वर्षा : मैं जब अंकुश से पहली बार मिली तब मुझे नहीं पता था...मुझे कोई कमिटमेंट या सिक्योरिटी नहीं चाहिए। I just want to do it.

शोभना : I hope you both find meaning in each other.

वर्षा : शायद मैं पहले ही घर छोड़ देती तो इतना ऑक्वर्ड...

शोभना : मैं जानती थी तुम उससे मिल रही हो, वो किसी के भी साथ रहे, तुम या कोई भी...

वर्षा : शोभना...

शोभना : तुम पे भी वो अपनी मर्ज़ी चलाता है?

वर्षा : कोशिश करता है।

शोभना : अगर उसने तुम्हें भी...

वर्षा : Am not Shobhna.

(शोभना वर्षा को कॉफ़ी देती है।)

लुक शोभना मैं पहले यहाँ से इसलिए नहीं गयी क्योंकि मुझे कोई गिल्ट नहीं है। अब वो ज़माने गये जब रिश्ते मजबूरन निभाए जाते थे।

शोभना : So that makes me disposable.

वर्षा : God damn it, किसी ने तुम्हें यूज़ नहीं किया है। ना तुम हारी हो ना वो जीता है। क्यूँ तुम आज भी कल में अटकी हो, Bloody move on. बच्चों की कॉपियाँ जाँचना, उनके नाखून देखना, सरस्वती वन्दना करना ये ही जीवन है तुम्हारा? थोड़ा जियो शोभना, पार्टीसिपेट करो। अपनी ख़्वाहिशों की फेहरिस्त बनाओ और छीन लो उन्हें।

शोभना : अंकुश की भाषा बोल रही हो।

वर्षा : You are impossible शोभना, उसका सिर्फ नाम अंकुश है, लेकिन वो एक अन्तहीन लकीर है, उसके साथ चलना नहीं दौड़ना पड़ेगा।

तुम बस एक दीवार हो, तुम्हारे चारों ओर इतनी ऊर्जा, इतनी रोशनी है और तुम बस उससे

बिम्बित हो, अभी तुम मुझसे रोशन हो, कल तक अंकुश से थी, हम कब तक अपनी तपिश तुम्हें देते रहेंगे।

मैं आती जाती रहूँगी, परमिशन नहीं माँग रही हूँ, बता रही हूँ। तुमसे भी एक रिश्ता है मेरा।

शोभना : सौत का?

वर्षा : Good one.

शोभना : मैं बचपन से ट्रेन चलाना चाहती थी, हमारा घर यार्ड के पास था, I was fascinated by trains, बन तो नहीं सकती थी इंजिन ड्राइवर। मेरी सारी सहेलियाँ 21 तक माँ बन गयीं और मैंने टॉप करके स्कॉलरशिप पर यूनिवर्सिटी में एडमिशन लिया, टीचर नहीं लेक्चरर बनती, ट्रेन तो फिर भी नहीं चला पाती। तुम कर पाओगी शादी के बाद पीएच.डी.?

एक अनुभूति होती है पूर्णता की, फिर बहने लगता है जीवन, नियमित एक ही धुरी पर, एक ही व्यक्ति के चारों ओर, शरीर बदल जाता है...

वर्षा : शोभना...

शोभना : नहीं You are right in many ways. कुछ लोग दौड़ना देरी से शुरू करते हैं। I have a gift for you.

वर्षा : Oh Please.

(शोभना एक सिल्क स्कार्फ लेकर आती है, चूँकि वर्षा के हाथ में कॉफ़ी है, इसलिए शोभना ख़ुद उसे स्कार्फ पहनाती है, धीरे-धीरे वर्षा का गला घोंटती है। काफ़ी संघर्ष के बाद वर्षा अचेत हो जाती है। शोभना सन्निपात में घर को व्यवस्थित करती है। वर्षा के शव करीने से रखती है।)

शोभना : मेरी मानो तो कभी अंकुश की प्रतिस्पर्धी बनने की कोशिश भी मत करना, वरना ऐसे ही किसी फ़्लैट में मिलोगी।

Am sorry to say miss M.Phil. in Psychology. मुझे तो कोई ग्लोरियस अन्त नहीं दिख रहा था तुम्हारा।

अंकुश के ऑफिस को ज्वॉइन करने की गलती भी मत करना, मेरी मानो तो किसी स्टडी-प्रोग्राम में बाहर चली जाओ, या फिर अपनी आगरा वाली हवेली का रेस्टोरेशन प्रोजेक्ट अंकुश को दे दो, ही विल डु ए ग्रेट जॉब। इसी बहाने तुम्हारे पेरेण्ट्स भी उससे...फिर धीरे-धीरे बता देना। मेरे पेरेण्ट्स की तरह तुम्हारे पेरेण्ट्स को कोई शॉक नहीं लगेगा।

सुसाइड भी अच्छा तरीका है उसका अटेंशन खींचने का, पर मैंने तो और भी बोल्ड स्टेप लिया I had an affair with his friend.

(वर्षा की लाश हॉल में पड़ी है, शोभना सन्निपात में बड़बड़ा रही है, तभी फ़्लैट की घंटी बजती है। सकपकाई शोभना वर्षा की लाश को काउच के पीछे छुपाती है।)

(एक लड़की का प्रवेश।)

लड़की : जी आपने पीजी के लिए एड दिया था।

शोभना : हाँ...हाँ आइये! वह कमरा है आज ही खाली हुआ है। Central park facing 6000 inclusive everything. मैं यहाँ अकेली रहती हूँ। ...मेरे पति Ex. Husband आते रहते हैं। फ़्लैट मेरे अकेले के लिए बड़ा है। We are in good terms...तुम रहोगी सालभर Bestview. खाना बनाने बाई आती है। Coffee?

[समाप्त]

□□